Henri de Régnier

de l'Académie française

LES RENCONTRES DE M. DE BRÉOT

(1904)

Table des matières

À Gérard d'Houville

AVERTISSEMENT

Voici un roman qui est presque plutôt une sorte de comédie, car les événements s'y expliquent volontiers en conversations et les personnages y ont ce je ne sais quoi de simple et d'outré qui convient au tréteau. Je crois cependant que si j'eusse mis ces Rencontres de M. de Bréot en état d'être représentées au théâtre, elles eussent eu peu de chance d'y jamais paraître. Il y a telles libertés de langage et d'idées que le livre seul rend supportables, et j'espère que le lecteur ne m'en voudra pas de celui-ci. Certes il y trouvera par endroit des plaisanteries assez fortes, mais dont la bonne humeur, joyeuse et saine après tout, excusera à ses yeux ce qu'elles auront d'un peu rude à ses oreilles et leur défaut de toucher parfois à des sentiments respectables et que je ne voudrais offenser en personne.

Ce qui divise le plus les hommes, ce n'est point tant leur manière de comprendre cette vie-ci que l'autre, et l'on aura justement affaire, dans ce livre, à des gens qui ne font pas grand cas de l'idée que quelque chose de nous puisse survivre à ce que nous avons été. Ce sont eux que le XVII siècle appelait du nom de « Libertins » et qui pensaient, avec leur Ninon de Lenclos, « qu'on est bien à plaindre, quand on a besoin de la religion pour se conduire, car c'est une preuve qu'on a l'esprit bien borné ou le cœur bien corrompu ».

Les quelques Esprits Forts que j'ai entrepris de figurer ici y parlent donc assez mal de ce qui leur semblait des préjugés. Aussi aurais-je peut-être hésité à rapporter leurs propos, si je n'avais été sûr qu'ils leur appartinssent en propre et si je n'avais jugé qu'ils composassent un curieux tableau de mœurs ou plutôt, comme je le disais, une sorte de comédie burlesque et outrée qui barbouille de couleurs crues un sujet au fond grave et sérieux, et n'en montre, au lieu de la face véritable, que les bouches peintes et les masques aux joues de carton.

Quelles qu'elles soient, je n'aurais pas voulu publier ces Rencontres de M. de Bréot sans un mot d'avertissement. Il est vrai qu'on pourra me répondre que le moyen de rendre inutile l'explication était de supprimer l'ouvrage. Je l'eusse peut-être fait si je n'eusse été convaincu qu'il est un de ceux parmi les miens où se marque le mieux que je n'ai jamais, en écrivant, cherché quoi que ce soit d'autre que le plaisir délicieux et toujours nouveau d'une occupation inutile.

H. R.

I

OÙ M. DE BRÉOT VOIT MADAME DE BLIONNE ET RENCONTRE M. LE VARLON DE VERRIGNY.

Les quatre Sylvains dansants, sous leurs habits rustiques de velours vert et leurs perruques cornues – MM. de Gaillardin, de la Morinaie, de Breuvières et du Tronquoy – s'écartèrent à l'entrée de madame de Blionne, qui représentait le personnage de la Nymphe des Fontaines.

Madame de Blionne s'avança jusqu'au bord du tréteau et à la bordure des chandelles. Des feuillages en arcades formaient le fond du théâtre en plein air et encadraient les côtés de la scène. Les colonnes de verdure étaient reliées entre elles par des guirlandes de fleurs et, à la base de chacune, dans un pot de faïence peinte, un citronnier ou un oranger nain arrondissait sa boule taillée où luisaient les ors différents de leurs fruits.

Tous les regards allèrent à madame de Blionne. Elle faisait face au parterre, où l'assemblée occupait des sièges rangés, au delà desquels s'élevait un vertugadin de gazon pour les spectateurs qui n'avaient pas trouvé place sur les fauteuils, les tabourets et les banquettes ; car madame la marquise de Preignelay réunissait, à son château du Verduron, une fort nombreuse compagnie pour l'y divertir de spectacles divers dont le moindre n'était pas ce ballet dansé en habits mythologiques où les premiers quadrilles avaient beaucoup plu par le bon ordre des mouvements et l'éclat des costumes.

En effet, si ceux que montraient à ce moment MM. du Tronquoy, de Breuvières, de la Morinaie et de Gaillardin, en leur accoutrement de démons sylvestres, égayaient par leur singularité et par la façon dont ces messieurs en portaient le déguisement, il y avait un plaisir encore plus particulier à considérer celui de madame de Blionne, auquel la grâce de son visage et l'agrément de tous ses gestes prêtaient un attrait dont s'augmentait encore la galanterie et la nouveauté de sa parure.

Sa jupe étalait autour d'elle la vaste ampleur de l'étoffe d'argent dont elle était faite et sur qui l'on distinguait l'empreinte tramée d'un dessin de toutes sortes de feuilles d'eau dont les tiges flexibles s'entrelaçaient autour de la taille et formaient au buste comme une corbeille où reposaient les rondeurs de la gorge. Madame de Blionne l'avait belle ainsi qu'elle avait le col souple et le visage régulier, sous une chevelure en boucles toute scintillante de diamants, de telle manière que, par ses atours, elle ressemblait assez bien à une fontaine, tant par le bassin miroitant de sa robe que par la vasque de ses épaules et la frange de sa coiffure étincelante. Elle en complétait la figure par une écharpe irisée, aux couleurs de l'arc-en-ciel, qu'elle agitait en dansant. Une vue si agréable fut accueillie par un murmure de contentement.

Du banc de gazon, où il s'était accommodé, M. de Bréot ne se lassait point de regarder madame de Blionne. Son pas hardi et gracieux échappait aux gestes gauches et aux assauts maladroits des quatre Sylvains à perruques, qui s'échauffaient autour d'elle et, par des gambades réglées, accomplies avec beaucoup de perfection, essayaient de montrer leur désir de boire aux eaux argentées de cette belle Nymphe. Ils manifestaient leur dépit par mille contorsions, propres à faire valoir la bizarrerie de leurs habits et de leurs masques, car ils en portaient au visage, qui les rendaient, à dessein, risiblement difformes.

M. de Bréot, pourtant, ne riait point. Les quatre Sylvestres dansants ne parvenaient pas à le distraire de sa contemplation. Au lieu de suivre leurs jeux, il continuait à observer madame de Blionne. Sa vue donnait à ses pensées un tour particulier et y éveillait une humeur de volupté. Les délices des fêtes du Verduron contribuaient sans doute à l'incliner à cette pente, depuis trois jours que monsieur et madame de Preignelay ne ménageaient rien pour réjouir leurs hôtes. L'agrément des lieux s'était joint à la faveur du temps pour aider à la perfection de ce séjour. Bien que la chaleur eût été forte, elle n'avait jamais paru extrême, et la fraîcheur des nuits reposait de l'ardeur des journées. Madame de Preignelay avait distribué l'emploi des unes et des autres de façon que tout s'y succédât à souhait. On avait soupé en diverses places des jardins et, une fois, dans une grotte de coquillages à l'italienne, vaste et singulièrement ornée de toutes sortes de curiosités d'eau. Les entretiens avaient eu leur tour, à côté des jeux de quilles et des courses de bagues. Ce soir, même, après le ballet, un feu d'artifice devait marquer la fin des divertissements auxquels rien n'avait manqué, pas même de réussir à merveille. Il est vrai que chacun avait fait de son mieux, aussi bien M. Congieri que M. Floreau de Bercaillé. L'artificier Congieri était ce petit homme basané, venu de Milan, qu'on avait rencontré, tout le jour, avec son chapeau rond, ses bouffettes de rubans à l'épaule et sa lance à la main, courant çà et là, pour préparer les pièces et ajuster les fusées et autres engins, tandis que M. Floreau de Bercaillé, qui avait composé le ballet des Sylvains, s'inquiétait de s'assurer que les pas et les entrées en fussent bien sus, tout en s'essuyant le front où paraissait, sous la perruque soulevée, son poil dru et roux, le même qui, malgré le rasoir, lui pointait aux joues, et dont il portait avec lui, quand il remuait l'aisselle, un fumet de bouc qu'il était le premier à faire valoir.

M. de Bréot regardait toujours madame de Blionne, entre les quatre Sylvains masqués, debout, en sa robe d'argent, sur le fond des verdures éclairées. Il songeait, non sans un petit trouble, qu'à cause du poids de son ajustement et du mouvement qu'elle avait pris à danser, et bien qu'on fût en plein air, elle devait avoir chaud sous ses atours de Nymphe et la peau mouillée et le corps tout ruisselant. La sueur lui devait perler aux membres, couler au dos et entre les seins et lui coller étroitement à la chair son linge humide. Et M. de Bréot, comme si la robe d'argent fût tout à coup devenue transparente ainsi que l'eau d'une fontaine, imagina soudain madame de Blionne comme si elle eût été toute nue devant lui. Il lui vit, en pensée, les jambes longues, les cuisses fortes, les hanches larges, le ventre doux, la gorge renflée, avec la peau très blanche, et tout cela, si distinctement et si véritablement qu'il lui en semblait toucher la chaleur moite et fondante et qu'il ouvrit la bouche pour en respirer le parfum sain et voluptueux.

Il ne le distingua point pourtant parmi ceux dont la nuit était pleine. L'huile des lampions et la cire des flambeaux se mêlaient dans l'air au musc et à l'ambre qui s'exhalaient des habits des femmes. Les hommes ne se privaient pas non plus d'user de poudres et de sachets. L'effluve échauffé en venait au nez de M. de Bréot, parmi des bouffées de feuilles, de fleurs et de gazon foulé, à travers lesquelles il cherchait en vain à reconnaître l'odeur que lui avait mise aux narines l'idée du corps tout ruisselant et nu de madame de Blionne, sous ses attributs de Nymphe des Fontaines, debout en sa robe d'argent entre les arcades de verdure et parmi les quatre Sylvains masqués et cornus qui dansaient autour d'elle au son des violons et des hautbois.

M. de Bréot en était donc à suivre une dernière fois du regard madame de Blionne qui se retirait maintenant dans un cortège de bergers, emmenant les Sylvains enchaînés, quand un gros soupir, poussé tout haut à côté de lui, lui fit détourner la tête. Celui qui soupirait ainsi était un homme de bonne taille, à la face sanguine sous une forte perruque noire. Il avait les sourcils épais, la bouche large et grasse et le menton rond. Toute sa personne était pesante et ramassée. Ses yeux rencontrèrent ceux de M. de Bréot. Un même désir animait les deux hommes, qui, chez celui-là, se montrait par une sorte de moue goulue, le feu des joues et le tremblement du menton, si cru, que M. de Bréot en conçut un mouvement d'humeur, surtout quand le personnage le coudoya assez rudement pour quitter sa place, ce que chacun faisait en ce moment et que fit aussi M. de Bréot, en même temps que ce voisin dont il avait surpris la pensée, mais dont il ne connaissait pas le nom.

Il eût pourtant pu en mettre un sur beaucoup des visages qui composaient l'assemblée que madame la marquise de Preignelay avait réunie en son château du Verduron. Madame de Preignelay s'y retirait en été, moins pour y respirer le bon air que pour donner occasion à ses amis de lui prouver, par les quelques lieues de carrosse qu'il fallait faire pour la venir voir, qu'ils étaient capables, pour l'amour d'elle, d'affronter le gros pavé du chemin. Madame de Preignelay était une femme assez spirituelle pour qu'il valût la peine d'avoir de l'esprit à ses yeux, et il était de bon ton qu'elle vous en trouvât. Ce n'était pas pourtant à ce genre de mérite que pouvait prétendre le vieux Maréchal de Serpières, dont M. de Bréot apercevait, à trois pas de lui, le dos courbé et la nuque branlante. Hors la guerre, où il s'était rendu redoutable en tous pays par le train de fourgons qu'il traînait partout après lui et où il entassait indistinctement ce qui lui paraissait à sa convenance, M. le Maréchal de Serpières marquait peu où il se trouvait, sinon par son habit à l'ancienne mode et par une habitude de cracher partout, non seulement à terre sur le carreau, mais en l'air et contre la tapisserie, au hasard, et au risque d'atteindre les gens en pleine figure. Madame de Preignelay passait ce travers au bonhomme sur son crédit à la cour. Aussi M. le Maréchal était-il fort entouré, et, avec M. le prince de Thuines, le personnage le plus considérable de la compagnie. M. le prince de Thuines, fils cadet de M. le duc de Moncornet, était jeune et beau. Fort empressé auprès des femmes, il désirait qu'elles lui cédassent vite, pour les quitter plus promptement. Malgré sa réputation d'être dangereux en amour, il séduisait fort par son aimable figure et par son esprit, qu'il avait méchant et dont il se servait sans scrupule pour ajouter à ses infidélités quelques-uns de ces traits cruels qui en donnaient le motif, en l'attribuant à ces imperfections secrètes qui se découvrent dans la plus belle, quand on a cessé de croire qu'il n'en est pas qui le puisse être davantage. Madame de Preignelay excusait d'autant mieux ce défaut chez M. le prince de Thuines qu'elle n'était plus d'un âge à en risquer les inconvénients. Il ne lui restait que le plaisir d'entendre médire de celles que le leur exposait aux sarcasmes dont M. le prince de Thuines payait de retour leurs complaisances.

Outre M. le prince de Thuines et M. le Maréchal de Serpières, M. de Bréot eût pu nommer là, bon nombre de gentilshommes auxquels se mêlaient des gens de robe et de finance, comme M. le Président de Narlay, M. de Cadonville et le célèbre M. Herbou, le partisan, qui ne le cédait à pas un en bonne grâce et politesse. Les femmes, non plus, ne manquaient point. Toutes n'avaient pas l'âge de madame du Preignelay, ni celui de madame de Cheverus, mère de madame de Blionne, et qui, dans son visage engraissé et satisfait, montrait encore les restes d'une beauté qui ne cherchait plus à plaire, mais qui gardait d'avoir plu cette sorte d'enjouement adouci qui pare, lorsqu'elles ont fini d'être jeunes, les femmes qui ont été aimées, quand elles l'étaient. Si mesdames de Preignelay et de Cheverus avaient renoncé à l'amour, mesdames de Galize, de Vaudre et plus d'une autre offraient de quoi l'inspirer, ainsi que madame de Circourt, qui ne craignait pas de partager celui que M. de Saint-Germond éprouvait pour elle. MM. de Frasin et des Rigaux affectaient pour les femmes un dédain, dont ils se parlaient bas en minaudant. M. de Bréot s'éloigna d'eux et revit son voisin de tout à l'heure. Le gros homme gesticulait au milieu d'un groupe. Le nom de madame de Blionne vint aux oreilles de M. de Bréot. Il se fût volontiers mêlé aux louanges qu'on faisait d'elle, mais celles qu'il eût aimé à lui donner n'étaient guère bonnes à être dites tout haut. Aussi, garda-t-il pour lui les découvertes qu'il avait faites à travers la robe d'argent de la belle Nymphe et comment elle lui avait paru, un instant, visible en ses grâces les plus secrètes et en la structure même de sa beauté.

Ce fut en ces pensées qu'il suivit la compagnie jusqu'où la guidait M. le marquis de Preignelay et d'où l'on pouvait le mieux voir le feu d'artifice dont M. Congieri, de Milan, allait allumer les pièces et les fusées. C'était une terrasse à balustrade, au devant du château, où chacun prit place pour jouir du spectacle enflammé qui devait marquer la fin de la fête. Ensuite les plus enragés pourraient encore danser aux violons, durant le reste de la nuit et jusqu'à l'aurore, tandis que les autres iraient prendre quelque repos, car beaucoup devaient monter en carrosse d'assez bon matin pour s'en retourner à Paris avant que la chaleur du soleil fût trop forte. Ils ne manqueraient pas de répandre par la ville la nouvelle que monsieur et madame de Preignelay avaient su, trois jours de suite, divertir, nourrir et loger plus de soixante personnes, dont plusieurs fort considérables, en leur château du Verduron, et cela, avec un ordre si bien conçu que chacun avait eu ce qu'il pouvait désirer, et tout le monde son lit et sa chambre, sauf quelques-uns qu'il avait fallu mettre ensemble.

C'est pourquoi M. de Bréot avait été conduit, à son arrivée, à un appartement où se trouvaient déjà MM. de Frasin et des Rigaux. À leur vue, M. de Bréot, qui ne se souciait guère de leur compagnie nocturne, commanda au valet de le mener au logement de M. Floreau de Bercaillé qui l'y reçut de son mieux, mais où il dut se contenter d'un matelas à terre, ce qui ne se fit pas sans déranger une petite servante que M. de Bercaillé avait justement là auprès de lui et dont il fit excuses à M. de Bréot. M. de Bréot dormit fort bien. Il est vrai que M. de Bercaillé avait déjà achevé avec la fille le plus fort de sa besogne et qu'il ne la réveilla guère qu'au matin pour un petit adieu, où il mit plus de délicatesse que de vigueur.

M. de Bercaillé venait justement, pour rejoindre cette fille, de quitter M. de Bréot, aux côtés de qui il avait assisté aux artifices de fusées. Le grand applaudissement donné aux inventions milanaises de M. Congieri avait irrité M. Floreau de Bercaillé. Il enrageait à voir que ces jeux de poudre n'ont pas moins de faveur que ceux où il prétendait exceller et qui demandent un grand exercice d'esprit, la connaissance des fables et le talent d'en tirer un spectacle agréable, non seulement par la beauté des costumes, mais aussi par le sens caché et l'allusion qu'il contient, car M. de Bercaillé, en son ballet des Sylvains, représentait, par des figures, comment M. le marquis de Preignelay avait changé la solitude champêtre du Verduron en jardin d'agrément où il avait fait jaillir des eaux et des fontaines. N'était-ce point ce que voulait dire cette belle Nymphe, victorieuse des dieux rustiques et cornus ? Mais la plupart des spectateurs n'avaient vu dans tout cela que des danses en costumes. Et M. Floreau de Bercaillé maudissait son métier et regrettait les tourments qu'il s'en donnait, tandis qu'un charlatan italien savait attirer l'attention en mettant le feu à des poudres enfermées en des cartouches de carton et en produisant ainsi au ciel des amusements colorés et des tintamarres aériens.

Ce fut sur ces amers propos que M. de Bercaillé laissa M. de Bréot pour s'aller coucher et en l'engageant à en faire autant. Mais M. de Bréot n'avait pas sommeil ; aussi préféra-t-il la solitude des jardins au matelas d'où il lui faudrait entendre M. de Bercaillé faire gémir la paillasse en l'honneur de la petite servante qui l'y attendait. Du reste, la nuit continuait à être extrêmement belle. L'air y avait perdu l'odeur des poudres et des fusées de M. Congieri et l'obscurité y était comme limpide et presque transparente. Les lampions achevaient de brûler le long des parterres qu'ils encadraient de leurs lumières interrompues. Çà et là, quelques lanternes mourantes éclairaient encore un bosquet.

Divers circuits finirent par ramener M. de Bréot au théâtre de verdure. Les derniers flambeaux s'y consumaient. M. de Bréot s'assit un instant à la place de gazon, d'où il avait vu danser madame de Blionne. Il eût souhaité qu'elle lui réapparût. Il ferma les yeux. L'image de la belle Nymphe se forma au bout de sa mémoire, brillante, mais toute rapetissée, en ses couleurs justes, mais lointaines. M. de Bréot n'éprouvait plus pour elle le désir qui l'avait ému tout à l'heure, mais il ressentait un contentement assez particulier, à savoir qu'il existât parmi le monde une personne qui eût le corps si parfaitement beau.

Tout en se livrant à ces pensées, M. de Bréot s'était levé. Un petit vent froissait les feuillages au-dessus de sa tête et apportait à son oreille le bruit des violons. Il se dirigea vers le lieu de la danse, en se guidant, comme il pouvait, à travers le labyrinthe des charmilles. Arrivé à un croisement d'allées, il s'arrêta, incertain. Il lui semblait entendre, dans l'ombre, une voix gémissante, qui, par intervalles, cessait et reprenait sa lamentation. M. de Bréot fit quelques pas en avant. Il se trouvait auprès de la grotte de coquillages. Le fronton en était encore illuminé. Sur le seuil, un homme se tenait agenouillé. Son ombre s'allongeait devant lui sur le sol éclairé et s'y dessinait singulièrement. Ce personnage paraissait dans un certain désordre d'esprit. Nu-tête, il se frappait la poitrine à grands coups de son poing fermé. M. de Bréot, en l'observant mieux, fut fort surpris de reconnaître en cette posture celui qui, tout à l'heure, auprès de lui, avait si bruyamment soupiré, quand madame de Blionne s'était montrée sur le théâtre parmi les Sylvains cornus.

M. de Bréot s'apprêtait à se retirer sans s'enquérir davantage de ce que l'inconnu faisait là, quand celui-ci lui adressa la parole en ces termes :

— Qui que vous soyez, monsieur, ne craignez point de venir auprès de moi. Je ne suis pas, comme vous le pourriez penser, quelque fou malfaisant ou quelqu'un de ces sorciers qui grattent la terre pour y trouver un trésor, non plus qu'un ivrogne plein de vin et de hoquets, quoique une aussi grossière figure soit encore trop bonne pour celle que je fais devant moi-même et devant Dieu. Il ne m'est point besoin de m'inventer de bassesses, pour que je sente toute la mienne, car l'homme, par le péché, perd son rang dans la création et descend au plus bas de la créature, et je suis, monsieur, un pécheur misérable.

Et il se frappa de nouveau la poitrine. Son visage, que M. de Bréot se souvenait d'avoir vu tout empourpré de désir, à la danse de madame de Blionne, marquait maintenant un air de confusion où l'on pouvait voir un sincère dégoût de soi-même. Les coins de sa bouche grasse s'abaissaient en une moue découragée.

– Considérez-moi, monsieur, – reprit-il, au bout d'un instant, – et apprenez-en combien l'homme est faible sans le secours de Dieu et sans l'appui de sa grâce. Nous ne sommes que boue, monsieur ; mais, si notre argile est périssable, l'étincelle qui l'anime ne l'est point. Nous mourons et elle survit. Le ciel la recueille ou elle s'ajoute aux flammes de l'enfer. Et n'est-ce point une terrible chose à penser, encore que Dieu ait voulu, par là, nous marquer l'état où il nous tient et la considération qu'il fait de nous ?

Il s'arrêta de parler et reprit haleine comme quelqu'un d'habitué aux harangues.

– Vous vous étonnez sans doute, – continua-t-il, – que je puisse, dans le désordre où vous me voyez, donner à mes discours quelque suite et un tour assez bon. C'est une habitude que je dois au métier de la parole. Je l'exerce, non sans y avoir acquis quelque gloire, mais à quoi, hélas ! me servira-t-elle au dernier jour ? Dieu est sourd. Ses jugements sont terribles, et il n'y aura pas d'éloquence qui en puisse adoucir la justice et en fléchir la sévérité !

L'inconnu s'était levé. M. de Bréot constata que son vêtement n'était pas dans l'état qui convient. Le pécheur était, si l'on peut dire, en tenue de péché, le pourpoint déboutonné, le linge fripé et les chausses sur les talons. À l'approche de M. de Bréot, il se rajusta quelque peu.

– Quoi, c'est vous, monsieur ? – lui dit-il, en le prenant par le bras et d'un ton plus naturel. – Je reconnais au moins votre visage, si je ne sais point votre nom. J'ai vu dans vos yeux, tout à l'heure, ce feu dangereux qui mène aux pires fautes. Vous aimez les femmes, vous aussi, non pas en leur âme, mais en leur chair, et je jure que dans l'amour vous allez de suite au péché.

M. de Bréot ne nia pas et sourit.

– Ne riez pas, – s'écria avec force le gros homme, – ne riez pas. Vous ne savez donc point qui vous avez là, devant vous, monsieur ?

M. de Bréot crut qu'il s'allait nommer. Il était curieux de savoir qui était le personnage de cette rencontre singulière. L'inconnu se recula de trois pas.

– Vous ne le savez pas, monsieur ? Un damné.

Sa figure marqua une terreur véritable, et il cacha son visage dans ses mains, comme pour ne pas voir devant ses yeux les flammes de l'enfer. Puis il tomba assis sur un banc de coquillages. On entendait le vent dans les feuilles et le bruit des violons.

– Je suis pourtant un honnête homme, – reprit l'inconnu après un assez long silence, – et je crains Dieu. J'ai été élevé dans le respect de ses lois et de ses commandements. J'y conforme ma vie le mieux que je puis, et je dois dire que leur observance m'est d'ordinaire assez aisée. Je n'ai pas d'orgueil et je crois le prouver en m'ouvrant à vous. Je ne suis pas non plus avare. J'ai du bien et je le dépense assez libéralement. Je le conserve sans l'accroître et je ne souffre qu'il augmente que du remploi de son superflu. Ma maison est belle. Mon carrosse et mon habit sont selon ma condition et mon état. J'en remplis les devoirs et j'en accomplis les charges. C'est vous dire que je ne suis point paresseux. Je n'ai guère de colère que contre moi-même. Ma gourmandise est petite. Je traite mes amis mieux que moi et je ne bois pas de vin ; j'en redoute les fumées. Pourtant j'aime à me nourrir. Le plus commun y suffit pourvu que la quantité en soit abondante. Mon corps est vigoureux et sa force demande un aliment substantiel. Ne voilà-t-il point honnête portrait ? Celui à qui il ressemble ne vous paraît-il pas vivre selon ce que Dieu ordonne ? Je ne vous ai point dit qu'en plus j'avais de la religion. Ne sont-ce point là de bonnes conditions pour faire son salut ? Le mien n'a-t-il pas bien l'air d'être assuré ? Voilà quelqu'un, pourriez-vous dire, qui gagnera le ciel, sinon par les voies où s'engagent les dévots ou les saints, au moins par le grand chemin qui y mènera le commun des élus.

Il s'arrêta de nouveau et sa voix se renforça. L'intérieur de la grotte, à l'entrée de laquelle M. de Bréot et lui étaient assis, la renvoyait plus sonore.

– Eh bien, monsieur, il n'en est rien, – reprit-il avec véhémence, – et tout cela parce que la nature a mis en moi un instinct qui est ma perte.

Et, d'un geste, il remonta ses chausses redescendues.

– Pourquoi faut-il, monsieur, que j'obéisse au démon de mes reins ? C'est lui qui me mène au péché et me conduira à l'enfer.

Ce mot, chaque fois qu'il le prononçait, produisait sur le visage de l'inconnu les marques d'une peur véritable. Il suait à grosses gouttes ; il passa sur son front sa main poilue.

– J'ai tout fait pour me contraindre, – continua-t-il, – et Dieu jusqu'à présent m'a refusé sa grâce, sans laquelle l'homme ne peut rien sur lui-même que de vains efforts où il s'épuise.

J'aime les femmes, monsieur. Et ce penchant que je vous dis est plus fort que mon propos. Je me connais à leur sujet et je sais toute ma faiblesse et toute ma turpitude. C'est ce sentiment même qui m'a éloigné du mariage, car je pense que vous alliez m'objecter qu'en prenant femme et en la prenant belle j'aurais pu donner une issue légitime à une ardeur où je ne puis rien. Vouliez-vous donc que je souillasse le lit conjugal des désordres de ma concupiscence ou que j'ajoutasse à l'égarement de mes passions le crime de l'adultère ? D'ailleurs, à quoi bon ce subterfuge inutile ? Mon péché est en moi.

Et il heurta de son poing fermé sa poitrine vigoureuse.

— Ne croyez pas pourtant, monsieur, que je l'aime et que je m'en délecte. Au contraire, je le déteste, et il me paraît, chez les autres et en moi-même, le plus dégoûtant du monde. Par lui, l'homme se ravale à une sorte de brute, dont les mains tâtonnent, dont le nez flaire, dont la bouche bave et dont toute la fureur corporelle aboutit à une contorsion ridicule et courte. Et c'est à cela, monsieur, que j'aurai passé une bonne part de ma vie. Si encore j'étais jeune, j'y verrais quelque excuse, mais je ne le suis plus. Chaque jour me rapproche de la perdition, et la mienne est inévitable, à moins que quelque grand événement ne me change tout entier, ou que Dieu renouvelle en moi l'homme que je suis et que je ne vous souhaite pas d'être, monsieur, qui que vous soyez.

Il regarda au visage M. de Bréot, qui ne broncha point.

— Mais non, monsieur, vous n'êtes pas pareil à moi. Certes, quand nous vîmes, tout à l'heure, danser madame Blionne et que nos yeux se croisèrent encore pleins de son image, je lus dans les vôtres un même désir que celui que je ressentais, et cependant, monsieur, je vous retrouve ici, le visage calme et les habits en ordre, tandis que vous me pouvez voir, à moi, le linge fripé, la perruque de travers et le pourpoint déboutonné.

Il soupira encore, mais, cette fois, moins de douleur que de regret, car ce fut d'un ton modéré qu'il continua son discours.

– Ce n'était pourtant que pour implorer le secours de Dieu et le prier de dissiper le trouble où m'avait mis un spectacle aussi païen que je m'étais retiré dans cette grotte. Je vous avouerai, en outre, que je n'aime guère ces jeux de poudre et de fusées. Toutes ces flammes qui rougissent le ciel et toutes ces pétarades qui crépitent aux oreilles me font penser aux feux éternels. Il me semble en voir les flammes se peindre dans mon esprit, et mon nez est offusqué de cette odeur de roussi qui se répand dans l'air. Je restai donc, tout le temps que dura ce fracas, assis le plus tranquillement du monde à l'intérieur de cet antre marin et rustique. Je m'étais placé commodément dans une sorte de niche où je me tenais en repos et, pour distraire mes pensées, entre deux oraisons, je m'attachais à raisonner certains sujets de mon métier. C'est dans le silence, monsieur, que se prépare le mieux la parole. Ainsi méditée, elle sort plus abondante et plus riche.

» Je demeurai donc ainsi assez longtemps et je me disposais à sortir de ma retraite et à m'aller coucher. Je me félicitais déjà du bon effet de la prière et de la solitude, quand j'entendis des pas sur le sable de la grotte. Deux femmes y entraient. Elles avaient sans doute quitté le bal pour quelque raison que je ne savais pas, et elles ne s'aperçurent point de ma présence. J'allai les en avertir par quelque mouvement afin de ne pas risquer d'entendre ce qu'elles avaient sans doute à se dire de particulier, mais je discernai assez vite que je me trompais sur leurs intentions et qu'elles venaient là, non pour s'y entretenir, mais pour y accomplir familièrement un besoin naturel, car elles se troussèrent et laissèrent en riant couler d'elles-mêmes le trop-plein de leur nature. Ah ! monsieur, le démon a des voies bien secrètes et de quoi ne se sert-il pas pour nous amener à lui ! Pourquoi n'ai-je pas fui, mais pouvais-je penser que le spectacle d'une fonction aussi dégoûtante aurait d'autre effet que de m'induire à une juste considération de notre bassesse et au sentiment du peu que nous sommes ? Le croirez-vous, monsieur, cette vue, au lieu de l'effet que j'en attendais, en eut un sur moi tout différent ! Je m'élançai de l'ombre où je me tenais. L'une des deux femmes eut le temps de se relever et s'enfuit en poussant un petit cri, mais l'autre, monsieur...

Et le gros homme baissa la tête avec accablement.

– Ma foi, – lui répondit, après un instant, et avec beaucoup de politesse, M. de Bréot, – ce que vous venez de me raconter, monsieur, ne me surprend pas entièrement. La nature a mis en nous des instincts fort divers, et celui qui vous a porté à ce que vous avez fait ne vous est pas si particulier que vous pensez. On peut être un fort honnête homme et aimer les femmes en ce que leur corps a de plus bas et de plus commun. Cela n'empêche point de se conduire judicieusement en toutes sortes de choses, et même, en celle-là, qu'avez-vous donc, après tout, à vous reprocher de si fâcheux ? Quel dommage véritable vous en reste-t-il, et le regret que vous en éprouvez ne vient-il pas de ce que même vous voulez bien vous le donner ? Je ne prétends pas dire par là qu'il ne soit pas plus délicat de mêler de l'amour et du sentiment où vous n'avez mis que de la hardiesse et de la vigueur, quoique l'amant le plus raffiné en finisse toujours avec ce qu'il aime comme vous en avez usé, avec un peu de brusquerie, j'en conviens, dans l'événement que vous m'avez rapporté.

L'inconnu était fort attentif aux paroles de M. de Bréot, aussi le laissa-t-il continuer sans l'interrompre.

– Ce que je vois de plus à reprendre, monsieur, à votre affaire, – poursuivit M. de Bréot, – et le seul point que je n'y approuve point est celui de la violence que vous avez employée envers cette dame pour venir à bout de sa résistance. Certes, il ne saurait être que naturel que nous suivions notre désir, surtout quand il a quelque force, mais encore nous faut-il assurer qu'il ne contraigne pas autrui à ce qui n'est pas le sien. Il est certain que cette dame, dont vous m'avez parlé, ne venait point à cette grotte de coquillages dans l'idée qu'on lui fasse ce que vous lui avez fait. Elle s'y rendait pour accomplir un besoin respectable, et vous avez eu grand tort, à mon avis, de lui imposer le vôtre. Voilà, monsieur, quel est mon sentiment à ce sujet et, pardonnez-moi la liberté que je prends de vous en faire part.

Depuis un peu avant que M. de Bréot eût commencé à parler, le jour commençait à poindre. Le ciel blanchissait au-dessus des arbres. Il semblait à M. de Bréot que la figure de l'inconnu s'éclairait d'un petit sourire qui lui animait les yeux et lui égayait la bouche. Il défronça ses sourcils bruns, et ce fut presque en goguenardant qu'il répondit à M. de Bréot :

— Ce que vous dites, monsieur, ne manque certainement pas de sens. Les femmes montrent assez de complaisance à ce qu'on leur demande pour qu'il soit inutile de les y forcer. Il est vrai que cette facilité où elles sont sur ce dont il s'agit pourrait être une excuse à prendre les devants, car elles semblent vraiment faites à ce qu'on en fait, et cette madame du Tronquoy comme les autres, car c'est elle, monsieur, qui était ici tout à l'heure, et dont le mari dansait, si au naturel, un des quatre Sylvains à cornes de madame de Blionne !

Et le gros homme partit d'un éclat de rire qui lui élargit la bouche et se répandit dans tout son visage. Puis, soudain, il se rembrunit, et ce fut d'un ton fort piteux qu'il dit en baissant la voix.

— N'empêche, monsieur, que j'ai commis là un grand péché, car Dieu, monsieur, nous a défendu cela...

M. de Bréot se mit à rire à son tour.

— La défense date de loin, monsieur. Dieu a vieilli, et je crains bien qu'il ait perdu, avec la mémoire de ces défenses, jusqu'au souvenir de lui-même.

L'inconnu regarda M. de Bréot avec inquiétude et sévérité.

– Seriez-vous impie, monsieur ? Car, si je trouve en vos discours beaucoup d'indulgence pour l'homme, je n'y vois guère la crainte de Dieu. Ne croiriez-vous pas qu'il existe ?

– Ce serait beaucoup, monsieur, – répondit doucement M. de Bréot, – d'assurer qu'il n'est point, et trop peut-être d'affirmer qu'il est ; et il me paraît avoir fait assez pour lui de consentir qu'il puisse être.

L'inconnu s'était mis debout et toisait M. de Bréot qui le regardait sans plus rien dire. Il portait à son habit les traces du sable humide où il avait roulé avec madame du Tronquoy, et, sans penser qu'à chaque mouvement il montrait son linge, il marchait avec agitation.

– Quoi ! monsieur, qu'il puisse être, qu'il puisse être... mais tout ne prouve-t-il pas qu'il est : nous-mêmes, qu'il a créés, ce monde sur quoi nous sommes, l'harmonie des sphères et le mouvement des astres, et jusqu'à cette belle aurore dont l'orient est tout éclairé.

Et de son doigt levé il montrait le ciel. Des teintes riches et transparentes s'y étalaient, délicatement superposées. Les violons du bal s'étaient tus et les oiseaux commençaient à chanter. Le sable de l'allée brillait doucement de ses petits cailloux humides. Les jardins du Verduron étaient charmants en cette fraîcheur matinale. L'inconnu avait saisi M. de Bréot par le bras. Ils marchèrent en silence.

À un détour de la charmille, le château apparut. M. de Bréot fit mine de dégager son bras ; l'autre le retint.

– Ah ! monsieur, ne pensez pas que je vous quitte comme cela. Ne voulez-vous pas plutôt que nous nous en retournions ensemble à Paris ? J'ai donné l'ordre à mes gens d'être prêts au lever du jour. Mon carrosse n'est point mauvais et nous nous y entretiendrons en route de fortes choses. Le ciel, monsieur, m'a donné quelque éloquence et je ne saurais mieux l'employer qu'à vous convaincre des vérités dont vous me semblez fort éloigné. Dieu vous a mis sur mon chemin pour que je vous ramène à lui. L'avantage en serait grand pour nous deux. Qui sait si, en retour d'une âme que je lui apporterai, du fond de l'impiété et du libertinage, il ne m'accordera pas cette grâce sans laquelle est vaine la lutte de l'homme contre le péché ? Ne m'enlevez pas cette occasion et dites-moi, monsieur, comment je dois vous appeler et de quel nom vos parents vous ont nommé à votre naissance, car, s'il y a beaucoup à faire avec vous, c'est plutôt aux fonts baptismaux qu'au confessionnal qu'il faut vous conduire.

— Je me nomme Armand, monsieur, et on m'appelle monsieur de Bréot.

— Eh bien ! monsieur de Bréot, moi je suis monsieur Le Varlon de Verrigny, avocat au Grand-Conseil et pauvre pécheur.

Et M. Le Varlon de Verrigny ouvrit une tabatière d'écaille, y puisa une pincée de poudre de tabac, la mit dans son large nez et frappa gaiement sur l'épaule de M. de Bréot, comme pour prendre possession de lui, avec l'air entendu de quelqu'un qui se chargeait de son affaire.

Ils avaient contourné le château et arrivaient aux écuries, devant lesquelles un grand nombre de carrosses étaient rangés, dont celui de M. Le Varlon de Verrigny, attelé de chevaux pommelés et tendu à l'intérieur de satin feu. M. de Bréot avant d'y monter s'excusa d'avoir à passer par sa chambre et quelques ordres à donner à son valet.

Il entra dans le château. Tout y dormait. M. de Bréot traversa une vaste salle où la table était encore servie. Les fruits écroulés des corbeilles s'y montraient auprès des verres demi-pleins. Des abeilles entrées par les fenêtres ouvertes, y rôdaient en bourdonnant. Sur une chaise, le nez dans une assiette,

M. de Preignelay ronflait. C'était un petit homme gras et boiteux. M. de Bréot le considéra curieusement. Il avait commandé des sièges et des marches, et maintenant il ordonnait des repas et des ballets. Au lieu de la fusée des bombes, il suivait dans le ciel les artifices de feu du sieur Congieri, Milanais. M. de Bréot laissa le bon M. de Preignelay ronfler à l'aise et gravit l'escalier.

En suivant les corridors, il regardait aux portes fermées la pancarte où étaient marqués les noms des hôtes qui occupaient les chambres que leur avait fait préparer M. de Preignelay. Ce fut ainsi qu'il passa devant l'appartement clos de madame de Blionne. La belle Nymphe s'y reposait sans doute des gracieuses fatigues de la danse. M. de Bréot soupira doucement à cette pensée. Il ne s'arrêta point à la serrure de M. le Maréchal de Serpières, mais il aperçut avec surprise le logis de madame du Tronquoy grand ouvert et M. de Bréot y vit, étendu sur le carreau, M. du Tronquoy qui y dormait pour de bon et encore en son bel habit de Sylvain cornu. Comme il s'éloignait, il croisa une dame qui se glissait le long du mur, et il reconnut madame du Tronquoy, elle-même, qui parut assez contrariée d'être vue ainsi, errant à l'aurore par les couloirs où M. de Bréot continua sa route. Il arriva à la porte de M. Floreau de Bercaillé, dont il souleva doucement le loquet.

La chambre était pleine d'un beau soleil, et M. de Bercaillé, tout nu et tout doré de lumière qui ombrait son poil roux, sommeillait en travers de son lit. Une odeur d'étable et un fumet de bouc parfumaient la pièce. Quant à la petite servante, elle avait sans doute déguerpi. M. de Bréot chercha son manteau, laissa un ordre pour son valet et descendit retrouver M. Le Varlon de Verrigny à son carrosse.

Il était déjà monté et invita M. de Bréot à se placer auprès de lui.

– Venez, monsieur, et partons. Je connais sur la route un bon curé et j'en profiterai pour m'y décharger de mon péché, en même temps que je lui donnerai à dire quelques messes pour le succès de votre conversion, car je compte bien monsieur, vous amener où, quelque esprit fort que l'on se croie et quelque bon esprit que l'on soit, il en faut bien toujours venir.

Et M. Le Varlon de Verrigny frappa familièrement sur l'épaule de son nouvel ami.

Le cocher toucha de son fouet la croupe pommelée des gros chevaux. Le carrosse s'ébranla et franchit les grilles dorées qui fermaient le Verduron. M. Le Varlon de Verrigny étendit les jambes, assujettit sa perruque et, prenant une reine-Claude dans la corbeille qu'il avait fait poser devant lui sur la banquette, pour se rafraîchir en chemin, il la mit tout entière dans sa bouche. Une salive juteuse lui vint aux lèvres, puis il leva la main pour commander l'attention.

M. de Bréot, à son tour, choisit une prune dans la corbeille. Il la tenait délicatement entre deux de ses doigts. Elle avait l'air d'être en agate tiède. Il y enfonça un ongle.

– Dieu, monsieur..., dit M. Le Varlon de Verrigny, et, par la portière, dont la vitre était baissée, il cracha le noyau de la prune, qui parut tout doré dans le soleil.

II

COMMENT M. DE BRÉOT AVAIT LIÉ CONNAISSANCE AVEC M. FLOREAU DE BERCAILLÉ.

Si M. de Bréot avait rencontré M. Le Varlon de Verrigny en des circonstances assez particulières, celles où, quelques mois auparavant, il avait lié connaissance avec M. Floreau de Bercaillé présentait bien aussi quelque singularité.

Chaque année, au retour du printemps, M. Floreau de Bercaillé tombait en une sorte d'humeur qui se fût vite tournée en une manière d'hypocondrie, s'il n'y eût apporté le remède qu'il y fallait et qu'il ne manquait pas d'employer, quand il sentait le besoin d'y recourir. Un beau matin donc, M. Floreau de Bercaillé soufflait sa chandelle, coiffait son chapeau, mettait la clef sous le paillasson et descendait dans la rue. Une fois là, il aspirait l'air bruyamment, frappait le pavé du talon et, tout ragaillardi, levait son museau de bouc pour considérer d'en bas l'étroite et haute fenêtre du taudis où il avait, durant tant de nuits, les pieds dans la paille, une vieille souquenille aux épaules, peiné sur sa petite table de bois blanc, toute tachée d'encre, à assembler des rimes bien égales qui sonnassent heureusement à l'oreille ou à combiner d'agréables inventions, propres à plaire aux yeux, et qui, les unes comme les autres, lui valussent pour récompense aussi bien des louanges qui flattassent son cœur orgueilleux que quelque bourse garnie d'écus qui lui permît de soutenir son génie.

Le sien s'employait tour à tour à l'ode, au sonnet, au madrigal, à l'épigramme ou au ballet. Il éprouvait néanmoins quelque peine à l'ajuster au goût du jour, qui veut que tout soit également épuré et ne présente que des pensées neuves et relevées où il n'entre rien de vulgaire ni de commun. M. de Bercaillé disait volontiers que c'était là un dur métier et qu'il aurait fallu à tout le moins l'exercer commodément, bien assis à de bons coussins de duvet et non point perché sur une chaise de paille qui vous use les chausses et vous rabote et pique les fesses.

La pauvreté lui paraissait une assez mauvaise condition à produire ces belles choses qu'on attend des poètes, et un galetas sans feu ne lui semblait guère un lieu favorable à convoquer l'assemblée des Dieux et la compagnie des Déesses et à mander les héros de la Fable pour tirer de leurs aventures des tableaux à être dansés ou des images allégoriques. Aussi ces illustres personnes faisaient-elles façon pour venir chez quelqu'un qui n'avait, pour les recevoir, que le rebord de sa paillasse et qu'elles trouvaient dans son galetas sans autre laurier aux temps qu'un petit bonnet de tricot qui lui couvrait les oreilles et la nuque pour les garantir du froid.

Si encore M. Floreau de Bercaillé eût pu mettre par écrit ce qui lui revenait communément à la pensée, cela eût mieux fait son affaire. Il avait un certain goût du burlesque et y aurait aisément excellé, mais, par une malchance qu'il déplorait, la mode en avait passé, aussi bien qu'elle en avait été extrême. Les fortes facéties où s'étaient diverties jadis les meilleures compagnies rebutaient maintenant même les plus ordinaires. Il fallait du noble, du pompeux et du galant. On ne souffrait plus ces joyeuses grossièretés dont la saine bassesse avait dilaté les rates des bonnes gens et réjoui même les délicats. Ces ordures et ces bouffonneries n'amusaient plus que les valets. Et M. Floreau de Bercaillé regrettait l'effet de ce raffinement, car il se sentait dans l'humeur je ne sais quoi de facétieux et de burlesque que le malheur des temps, comme il disait, le forçait à garder pour lui.

Il avait dû s'exercer, pour vivre, à un talent qui n'était pas le sien. Néanmoins, il s'efforçait de faire bonne figure à ces contraintes et de donner à ses compositions toute la politesse et toute la convenance possibles, afin de leur gagner le suffrage des amateurs.

Madame la marquise de Preignelay, qui protégeait M. Floreau de Bercaillé, était intraitable sur ce point. Un mot bas ou trivial l'offusquait cruellement ; aussi M. de Bercaillé n'en risquait-il guère en sa présence, car il avait déjà à se faire passer sa mine, qui n'avait rien de relevé, et le parfum de bouc de sa personne, qu'il fallait bien toute la mythologie de ses vers pour qu'on y vît une ressemblance avec ces faunes et ces sylvains de la fable, dont il employait fort bien les personnages dans les figures de ses ballets. Heureusement que M. le marquis de Preignelay se montrait de meilleure composition que sa femme, étant d'un temps où l'on s'était égayé à ce qu'on réprouvait aujourd'hui et dont il se souvenait de s'être diverti dans sa jeunesse. M. Floreau de Bercaillé lui glissait parfois à l'oreille, entre deux portes, de ces propos qui l'eussent fait jeter honteusement hors du cabinet où madame de Preignelay présidait à un cercle de beaux esprits et d'honnêtes gens.

M. Floreau de Bercaillé se consolait de ces entraves en fréquentant les tavernes et les cabarets. Il laissait sa Muse à la porte avant d'entrer, et il rejoignait là une compagnie où il pouvait à son aise se débrailler. Le vin déliait les langues. Les libertés que la mode condamnait dans les écrits y gardaient un asile. M. Floreau de Bercaillé s'y répandait en discours qu'il ne se fût guère permis autre part, non plus que de boire du vin avec excès comme il ne s'en privait pas en ces occasions. L'ivresse de M. de Bercaillé était dangereuse. Il s'y laissait voir comme la nature l'avait formé, et l'on sait que souvent ce que nous sommes n'est pas exactement ce que les mœurs de la bonne société nous forcent à paraître. On s'en apercevait à M. de Bercaillé quand il faisait la débauche : il s'y montrait bouffon et passablement ordurier. Il n'était point seul d'ailleurs à être ainsi, et M. le prince de Thuines, lui-même, ne dédaignait pas de se mêler à ces divertissements de cabaret, où sa hardiesse et son impiété ne le cédaient, en cynisme et en crapule, à rien de ce qui se disait autour de lui de plus osé, car ces messieurs, en leurs paroles, ne respectaient guère les oreilles. M. de Bercaillé tenait sa place à ces orgies. Les coudes sur la table, il menait grand train, se remplissait de nourriture, fumait, dans une longue pipe de terre, un tabac empesté et pinçait les servantes.

Elles étaient, en effet, avec boire et fumer, l'autre consolation de M. Floreau de Bercaillé contre les misères du temps et les tracas de l'existence. Bien qu'il eût déjà dépassé quarante ans, il demeurait d'une certaine vigueur de corps et d'un tempérament assez valeureux, comme l'annonçaient son teint rouge, son œil vif et son poil ardent. Ces apparences ne se démentaient point à l'épreuve. Du reste, en ces matières, M. de Bercaillé était un sage à sa façon. Il ne prétendait à rien de plus particulier que de quoi satisfaire son penchant. À cela, un corps de femme suffit, quelle qu'en soit la proportion ou la couleur et pourvu qu'il se prête volontiers au jeu. M. de Bercaillé n'aimait pas les difficultés et les défenses. Il disait que ce qu'il entendait faire était trop naturel pour valoir aucune peine et qu'il n'est pas besoin, non plus, de tant choisir, quand ce qui se présente vaut, en somme, tout autant que ce qu'on chercherait bien loin avec mille efforts et embarras. Aussi M. Floreau de Bercaillé ne se mettait-il guère en peine et se contentait-il de ce qu'il trouvait sous la main. Et les servantes s'apercevaient vite qu'il l'avait prompte et hardie.

Il disait, pour s'en excuser, que, l'amour étant un besoin comme un autre, les servantes, qui sont pour veiller à ceux que nous pouvons avoir, peuvent bien fournir aussi à celui-là. Il ajoutait même qu'elles y sont fort propres, à cause justement du métier qu'elles exercent. La fatigue qu'il donne demande, en retour, de la vigueur en même temps que de la complaisance. Ainsi il y a chance de rencontrer parmi elles des filles serviables, robustes, qui sont bien aises, après tout, une fois la besogne accomplie, qui leur fait gagner le pain, d'en trouver une autre qui les change un peu de la première. Joignez à cela que, simples d'esprits assez communément, elles conviennent parfaitement à cet exercice, avec ce qu'il faut pour le rendre sain et agréable, c'est-à-dire avec une sorte de naïveté qui n'est bien que dans le petit peuple d'où elles sortent. Qu'importe qu'elles en parlent le langage, puisque ce n'est point, en ce cas, de harangue et de politesse qu'il s'agit, mais d'un travail de tous les membres, pour parvenir à un plaisir commun, auquel le lieu est assez indifférent et qui se goûte aussi bien sur la toile grossière d'une paillasse que dans le linge le plus fin et le mieux repassé.

Ces sages considérations avaient toujours empêché M. Floreau de Bercaillé de hausser son désir à de plus nobles prises. Il prétendait que ces dames, qui en veulent les cornes pour leurs maris, eussent été bien capables de se plaindre de l'odeur de la bête, car il faut convenir, concluait-il plaisamment, que ces jeux du corps développent en l'homme son fumet naturel et qu'il y a là de quoi incommoder des mijaurées, tandis que de bonnes filles, habituées à remuer les draps et à vider les eaux, n'y regardent pas de si près.

Cette double occupation du cotillon et du cabaret conservait d'ordinaire M. Floreau de Bercaillé en une assez bonne humeur, surtout les jours où il avait trouvé aisément à sa table le trait d'un sonnet, la pointe d'une épigramme ou les figures d'un ballet. Pourtant, à un certain moment de l'année, il n'en devenait pas moins mélancolique et tombait dans un marasme singulier. Il laissait l'encre tarir en son encrier et le tabac s'éteindre dans sa pipe. Quand ses compagnons de débauche entamaient, le vendredi, l'omelette au lard, en l'assaisonnant de bons blasphèmes et d'impiétés choisies, il demeurait silencieux dans son coin, sans un regard pour la bouteille ni un pinçon pour la servante. Cet état se produisait aux premiers jours du printemps, dès que le soleil sèche les boues de Paris et reverdit les arbres du Cours-la-Reine ou de la place Royale et que refleurissent les tonnelles des guinguettes. À mesure, M. Floreau de Bercaillé se rembrunissait davantage, jusqu'au jour où, n'y tenant plus, il descendait de son taudis, après avoir fermé sa porte et mis la clef sous le paillasson pour prendre en échange celle des champs, car c'est aux champs que décampait ainsi, chaque année, M. Floreau de Bercaillé.

Pour cette escapade, M. de Bercaillé, qui n'était guère recherché en ses habits, sortait de l'armoire ce qu'il y rangeait de meilleur. Il passait sa chemise la plus fine, endossait son vêtement le plus propre, coiffait sa perruque la mieux fournie. Ainsi paré, il se mettait en route dès l'aube. Une fois passé les barrières et sorti de Paris, il commençait à fredonner des couplets de sa façon, qui n'étaient que des mots sans suite, sur un air baroque, mais qui le faisaient rire d'aise tout le long du chemin. M. de Bercaillé égayait le sien de mille singularités, de telle sorte que bien des gens se retournaient pour voir ce passant qui tantôt sautait, tantôt gambadait ou marchait à pas comptés. Quelquefois, M. de Bercaillé s'arrêtait et restait une grande heure, couché dans le fossé ou dans l'herbe d'un pré, puis, soudain, il escaladait une barrière, embrassait un tronc d'arbre, faisait des ricochets dans l'eau des mares. Il lui fallait ainsi plusieurs jours pour gagner Fontainebleau, en longeant la Seine, et pour arriver à l'auberge d'un petit hameau du nom de Valvins. À quelle heure que ce fût, il demandait tout d'abord un lit et un pot de vin. L'ayant bu, il se couchait et dormait jusqu'à ce qu'il se réveillât naturellement ; s'il faisait nuit, il se rendormait jusqu'à l'aurore suivante.

Debout au chant du coq, M. Floreau de Bercaillé s'habillait avec soin et descendait l'escalier. La Seine coulait, toute argentée, le long de la forêt mirée dans une part de ses eaux. M. de Bercaillé appelait le passeur. La lourde barque coupait le courant d'un trajet oblique et abordait à la rive opposée. Alors le passeur voyait avec étonnement notre homme, qui s'était tenu bien tranquille à son banc, sauter à terre, s'y jeter à plat ventre comme pour l'embrasser et, s'étant relevé, faire un grand salut aux arbres et entrer sous leur couvert, car c'est ainsi que M. Floreau de Bercaillé venait rendre hommage à la nature, se mêler à la solitude et y renouveler l'idée de ce que nous sommes.

M. de Bercaillé ne pensait pas que notre âme fût différente de notre corps et durât plus que lui. L'assemblage de nos atomes n'est qu'un des jeux du vaste univers. Nous restons assez pareils aux choses qui nous entourent, quoi que nous fassions pour nous duper là-dessus. C'est ce qu'expliquait M. Floreau de Bercaillé à M. de Bréot, assis devant lui à la même table de la petite auberge, où ils venaient de se rencontrer et où ils se parlaient pour la première fois.

— N'est-il point singulier, monsieur, — disait M. Floreau de Bercaillé, en essuyant ses coudes et ses genoux verdis par l'herbe où il s'était vautré tout le jour, — de passer notre existence à ne considérer de la nature que les formes que l'homme lui a imposées et à ne voir d'elle que l'aspect qu'il lui a donné, quand elle en a tant d'autres qu'elle ne doit qu'à elle-même ? Certes, les rues, les carrosses et les maisons sont un spectacle agréable, mais il nous porte à croire que l'homme est ce qu'il n'est point en vérité. N'est-il pas là quelque danger et ne nous abusons-nous pas étrangement à prendre l'état où il vit pour celui à quoi il est le plus propre et pour l'indice exact de sa capacité ? C'est ce qui nous aide à imaginer en lui, outre ce qui est périssable et commun à tous les êtres, je ne sais quoi d'immortel où il puise, monsieur, un orgueil dont il faudrait bien qu'il se défasse. Plusieurs bons esprits ont, heureusement, su se mettre au-dessus de ce préjugé et se résoudre à reconnaître qu'il n'y a guère rien d'autre en nous que dans tout ce qui est autour de nous, et que nous ne sommes, à bien prendre, que l'un des aspects de la matière. J'espère que vous aurez plaisir à la compagnie de ces messieurs. Vos propos m'ont montré que vous êtes de notre avis en ce qu'il faut, ce dont je suis fort content, monsieur, car votre figure m'a inspiré pour vous, à première vue, plus d'estime que je ne saurais dire.

M. de Bréot remercia M. de Bercaillé d'avoir si bien dit et leva son verre à sa santé. À mesure que M. de Bercaillé vidait ou remplissait le sien, il s'éloignait des considérations philosophiques, dont il avait d'abord entretenu M. de Bréot, pour en venir à des sujets plus familiers, comme les différentes qualités des vins que l'on boit dans les divers cabarets de Paris et le mérite des servantes qui vous les servent. M. de Bréot en était amené peu à peu à observer que, s'il était d'accord avec son nouvel ami sur les origines et les fins de l'homme, il ne se rangeait à son sentiment ni sur les femmes ni sur la manière de se comporter avec elles, même quand on a l'honneur, l'un et l'autre, de ne pas croire en Dieu.

Pour être vrai, M. de Bréot pensait tout bonnement que l'impiété la mieux établie n'oblige pas à manger goulûment et à boire outre mesure, non plus qu'à fumer des pipes de tabac en poussant des jurements licencieux et en adressant au ciel des bravades fanfaronnes, ni à coucher avec la première venue, ce que font aussi bien les dévots que les libertins. M. de Bréot concluait donc de ce raisonnement que l'impie le plus déterminé peut l'être sans parade et sans fracas et demeurer, en toutes ses façons, dans une réserve qui convient mieux à l'honnête homme que de montrer par trop ouvertement qu'il ne partage point les idées du commun. Il le dit à M. Floreau de Bercaillé.

– Vous avez raison, – lui répondit celui-ci, – et, si vous pouviez en persuader nos libertins, vous rendriez grand service à notre parti, qui est bon, après tout, puisqu'il conduit à vivre selon la nature, et en même temps qu'il éloigne des superstitions, détourne de l'outrecuidance qu'il y a de vouloir que l'homme occupe dans la création une place dont le privilège lui mérite l'attention du Créateur. C'est cette sorte de vanité des dévots qui m'indispose contre eux. Ils ne seraient pas contents s'ils ne pensaient pas que Dieu s'intéressât directement à leur personne et se ressentît en la sienne de leur conduite. La vôtre, monsieur, me paraît donc singulièrement sage et, sans avoir jamais l'espérance de la pouvoir imiter, je serais heureux de savoir comment vous en avez acquis les principes. Dites-moi donc, monsieur, pendant que je suis encore au point de vous entendre, car ce petit vin commence à me brouiller la tête, et je crains d'être moins capable tout à l'heure que maintenant de bien écouter d'où ils vous viennent et qui vous êtes.

– Je vous dirai tout d'abord, monsieur, – commença M. de Bréot, – que je suis gentilhomme. Si je parle de mon état, n'y voyez pas une marque de vanité, mais bien plutôt l'effet d'une certaine modestie que je souhaiterais à tous ceux qui, comme moi, sont d'une bonne maison sans qu'elle soit illustre. Il me suffirait en ce dernier cas de me nommer pour que vous soyez convaincu de ma qualité, et je ne prendrais pas soin d'avertir l'ignorance où vous pourriez être, à bon droit, de la mienne. On m'appelle monsieur de Bréot, ce qui est quelque chose dans notre province, mais ce qui risque de n'être rien pour quelqu'un qui n'est point de celle du Berry. C'est là que je suis né et que sont nés avec moi et en moi les principes que vous voulez bien louer. Il faut croire, en effet, que cette idée de notre rien est bien naturelle à l'homme, puisqu'il m'a suffi de vivre pour en être peu à peu persuadé. J'en ai vu s'accroître longuement la force insensible, jusqu'au jour où il m'apparut clairement qu'il se fallait bien résoudre à n'être que ce que nous à faits la nature, c'est-à-dire je ne sais quoi de passager et de périssable. Pensez, qu'on n'a pas été sans m'apprendre, comme aux autres, qu'il y a en nous de quoi durer plus que nous-mêmes, mais je vous avoue que cette sorte d'immortalité ne fut jamais de mon goût et ne m'a jamais rien dit. S'il est au pouvoir de Dieu de nous faire survivre à ce que nous avons été, il lui serait aussi facile que nous demeurions ce que nous sommes, au lieu de n'acquérir une seconde vie qu'aux dépens de la première. Enfin, pour être bref, je me suis borné à l'idée de ne vivre qu'une fois, et je m'y tiens. Ce sentiment, loin de m'attrister, m'a donné un grand désir d'être heureux et de bien employer le temps d'une existence qui doit être toute terrestre. J'aime le plaisir et j'en ai goûté quelques-uns. L'un de ceux que je préfère est de chanter sur le luth. Je sais en accompagner agréablement une voix qui n'est pas vilaine. Je trouve une volupté singulière à joindre mon corps à un corps de femme. C'est à ces occupations que j'ai passé les années de ma vie jusqu'à l'âge de vingt-cinq ans où je suis aujourd'hui.

» Vous pouvez penser, monsieur, qu'il peut y avoir d'autre emploi préférable à celui que j'ai fait de ma jeunesse, mais j'ai pour excuse de n'avoir pas trouvé d'occasions à me comporter différemment. Pour dire vrai, je me sens, aussi bien que personne, capable de belles actions, mais rien ne m'a jamais mis à même d'en accomplir, car ma naissance ne m'y a pas porté d'elle-même, comme il arrive à ceux que la leur oblige à de glorieux devoirs. J'ajouterai que le hasard n'a pas pris soin de suppléer envers moi à l'indifférence de la fortune, ce qui est d'autant plus fâcheux que je ne suis guère de caractère à me donner beaucoup de mal pour faire naître un de ces événements propices aux grandes choses et qui se prête à nous y exercer.

» Tout a son temps, et il en vient un où l'on se résout à ce qu'on songeait le moins entreprendre. C'est ainsi que je me suis décidé à quitter ma province et à me rendre à Paris, et c'est en chemin de cette aventure que vous me voyez aujourd'hui. J'ai cédé au reproche que l'on adressait à mon oisiveté, et si j'ai consenti à en sortir, c'est qu'il m'est arrivé de croire qu'il valait mieux y revenir un jour que m'y tenir avec une opiniâtreté qui eût pu me paraître regrettable, quand il n'aurait plus été de saison d'y renoncer.

» Paris, monsieur, n'est-il pas le lieu de l'univers où la fortune prend le plus volontiers son homme au collet ? Il m'a semblé que je me devais à moi-même d'offrir au moins une fois le mien à sa fantaisie, en venant à l'endroit où ces rencontres inattendues se produisent le mieux. Après cet essai, il ne me restera plus, si la Déesse capricieuse ne veut pas de moi et passe à mon côté sans me rien dire, qu'à m'en retourner où j'ai vécu jusqu'à présent et où j'achèverai de vivre sans déplaisir et sans que personne ait à me reprocher de n'avoir pas tenté l'épreuve où chacun se doit soumettre de bonne grâce.

M. Floreau de Bercaillé écoutait avec attention le discours de M. de Bréot. Il avait paru en applaudir plus d'un point en baissant la tête, d'un mouvement répété, dû peut-être moins à l'intérêt qu'il y prenait qu'à une certaine lourdeur du cerveau causée par beaucoup de vin qu'il avait bu. Aussi, fut-ce d'une langue affectueuse et embarrassée qu'il répondit :

– Je crains bien que vous ne repreniez, plus tôt que vous ne pensez, le chemin de votre province, et je m'étonne même que vous ayez songé à la quitter. N'y aviez-vous pas vos aises, bon gîte et bon souper, et ce luth dont vous jouez et dont l'agréable occupation peut suffire à distraire les heures qui s'écoulent chaque jour entre la table et le lit ? Vous ne trouverez guère mieux ici. Si encore vous aviez l'esprit encombré de superstitions, je comprendrais que vous vinssiez parmi nous pour vous défaire des plus pesantes, mais votre cervelle est saine et ne saurait être meilleure, et, s'il n'y avait que vous et moi pour croire en Dieu, ce serait, monsieur, une chose faite. Mais que diable allez-vous chercher à Paris ! Les gens de cœur n'y sont guère à leur place. Ce n'est plus comme au temps des troubles où se présentaient mille occasions favorables et avantageuses à un honnête homme et où les degrés de la fortune étaient au pied du plus hardi.

» Ah ! monsieur, tout est bien changé !... Il faut que vous sachiez qu'il règne partout un ordre si bien établi par un roi puissant et minutieux que chacun n'est plus qu'un chaînon de la chaîne et une roue de la mécanique. Chacun a son métier et il me semble que le vôtre est de pincer du luth, comme le mien de faire des vers. Tenons-nous-y, et estimez-vous encore heureux d'avoir un talent fort goûté de la meilleure compagnie, car on y prise davantage l'art de gratter les cordes d'un instrument que celui de tirer de son cerveau des imaginations nobles, gracieuses et galantes. Tel est le temps, monsieur. Nous ne pouvons rien sur lui et il peut beaucoup sur nous.

» C'est pourquoi je vous avertis que les impies ne sont pas trop bien vus dans le pays que vous allez aborder. Le roi n'est pas dévot, mais il a de la religion, et il aime qu'on en montre, même si l'on n'en a point. Vous verrez où en sont réduits nos libertins : à se parler à l'oreille ou à s'enfermer dans la salle basse d'un cabaret. L'état d'impie est fort diminué, et les quelques impiétés qu'on nous passe, encore nous les passe-t-on en faveur de nos mœurs déréglées, de telle sorte qu'on en cherche les raisons dans les facilités qu'elles donnent au désordre de notre conduite plutôt que d'en faire honneur à une disposition de notre esprit. Voilà, monsieur, où nous en sommes, et le jour viendra bientôt où je serai forcé d'habiter continuellement cette forêt où je me plais, au printemps, à promener mes réflexions et mes pensées. C'est là que vous me retrouverez, non plus en habit d'homme, mais à errer tout nu, à quatre pattes, car j'aimerais mieux feindre la bête et manger l'herbe que de rentrer dans l'erreur commune et de croire que je suis autre chose qu'une créature périssable et passagère, formée par un jeu inexplicable de la nature et qui n'a, dans ce qu'elle a à vivre, d'autre but que de mourir, et rien à attendre de ce qu'elle est que la certitude de n'être plus.

» Sur quoi, monsieur, ne voilà-t-il pas qu'on amène votre cheval. Quittons-nous donc. Nous nous reverrons à Paris, et, pendant que vous ferez route pour vous y rendre, je profiterai de l'état agréable où m'a mis ce bon vin pour songer à un petit ballet que m'a demandé madame la marquise de Preignelay pour être dansé en son château de Verduron. Je vais en chercher les entrées et les figures, tout en achevant, à votre santé, cette bouteille qui me danse elle-même devant les yeux.

Et M. Floreau de Bercaillé regarda d'un œil troublé M. de Bréot s'en aller doucement, au pas de son cheval, le long du chemin qui borde l'eau, tandis qu'il attirait sur ses genoux la petite servante paysanne occupée à renouveler les flacons.

III

OÙ ET EN QUELLE POSTURE M. DE BRÉOT RETROUVE M. LE VARLON DE VERRIGNY.

M. de Bréot fut quelque temps, après l'affaire du Verduron, sans revoir M. Le Varlon de Verrigny. Il s'était présenté à l'hôtel que M. Le Varlon habitait à la pointe de l'île Saint-Louis pour le remercier du retour en carrosse et des bons avis de religion qu'il lui avait donnés au cours de la route, tout en mangeant les grosses prunes à petits noyaux, mais on lui avait dit à la porte que M. Le Varlon était absent.

De cette fort belle demeure de M. Le Varlon de Verrigny, M. de Bréot n'avait vu cette fois que les hautes fenêtres et la façade tournante. Bâtie une dizaine d'années auparavant, on disait tout bas que, pour en avoir l'argent, M. Le Varlon avait fort conseillé à sa sœur cadette, mademoiselle Claudine Le Varlon, de rejoindre au cloître son aînée, mademoiselle Marguerite Le Varlon, qui, sous le nom de Mère Julie-Angélique, était religieuse professe de l'habit de Port-Royal-des-Champs.

Cette Claudine, sans aimer le monde, n'eût pas songé peut-être à s'en retrancher si son frère ne lui eût représenté fortement le danger d'y demeurer, quand on est, comme elle était, de figure agréable et d'esprit timide. Ce bon frère fut si éloquent et si soutenu en ses discours que la douce demoiselle, au tableau qu'il lui traçait des mœurs du siècle, se détermina à prendre le voile aux Carmélites de Chaillot.

Ce beau succès n'était pas une des œuvres sur lesquelles M. Le Varlon de Verrigny comptait le moins pour balancer aux yeux de Dieu, le poids de ses péchés. Le Seigneur ne pouvait manquer de lui savoir gré qu'il eût mené au pied de ses autels une âme aussi pure que celle de cette véritable agnelle. Elle y demeurait, de jour et de nuit, pour intercéder en faveur du pécheur et M. Le Varlon se sentait tout rassuré d'avoir en bon lieu cette avocate dont les prières compenseraient, dans une certaine mesure, les écarts de la conduite fraternelle, car M. Le Varlon déplorait ses fautes et en redoutait les suites sans trouver en lui la force de se réformer. Aussi n'avait-il rien négligé pour engager sa sœur à cette sainte et utile résolution, et, quand il la vit derrière la grille, pour de bon et en costume de chœur, il éprouva une pieuse joie et remercia le ciel de lui avoir donné une éloquence si naturelle et si efficace qu'elle avait conduit au bercail cette obéissante brebis. Il repassait volontiers dans son esprit les discours qu'il avait tenus à cette ouaille docile et dont il avait pris les traits et les couleurs en lui-même, car il savait mieux que personne le danger qu'il y a à vivre de la vie du siècle.

Ce fut une des plus belles harangues que prononçât jamais M. Le Varlon de Verrigny et l'une de celles dont il avait été le plus content, quoiqu'elle n'eût eu pour sujet qu'une simple fille incapable d'en admirer, comme il eût fallu, le tour et l'argument. Néanmoins, M. Le Varlon de Verrigny ne regrettait point le talent qu'il y avait dépensé, puisqu'il en avait reçu une juste récompense. Désormais, sa sœur bien-aimée se trouvait à l'abri des violences et des embûches du monde. Même elle avait si bien jugé du néant des biens terrestres qu'elle avait voulu faire par écrit une renonciation à tous les siens (que des legs, à elle particuliers, rendaient considérables) en faveur d'un frère qui s'employait si tendrement à la détacher de ce qui est périssable pour l'attacher par des liens indissolubles à ce qui dure et en qui nous durerons éternellement, car il n'est de vie véritable, non pas en nous-même, mais qu'en Dieu.

Puisque sa sœur avait voulu entrer toute nue et dépouillée dans son nouvel état, il avait bien fallu que M. Le Varlon acceptât ce qui, une fois les grilles du cloître refermées, n'est plus rien aux yeux de qui renonce à soi-même. Il aurait, certes, pu faire de cet argent quelque fondation pieuse, mais qu'en eût été le petit mérite auprès de celui qu'il venait de s'acquérir ! Il jugea donc plus raisonnable d'employer ses nouveaux écus à se construire une maison digne de lui.

Aussi fut-ce ce que fit M. Le Varlon de Verrigny. Il la meubla de meubles choisis et de miroirs d'une eau claire et transparente où il avait grand plaisir à se regarder, sans penser trop que celle à qui il devait de s'y voir, priait à genoux sur le pavé et dormait, le cilice à la peau, entre les quatre murs d'une cellule.

Tout cela semblait à M. Le Varlon le mieux qui pût être, et il se louait en lui-même, quand elle lui venait à l'esprit, de cette heureuse action par laquelle il avait assuré le salut de sa sœur Claudine et qui, du même coup, l'avait relevé auprès de son aînée. La Mère Julie-Angélique Le Varlon lui rendit, à cette occasion, un peu de l'estime qu'elle refusait depuis longtemps à quelqu'un d'aussi engagé que lui dans les voies mauvaises où l'homme hasarde si facilement son avenir éternel.

La Mère Julie-Angélique, personne hautaine, violente et l'une des lumières de Port-Royal, ne pensait pas qu'il fût aisé de se sauver, ni que le monde fût un bon lieu pour cela. Elle estimait qu'il faut, pour gagner le ciel, un travail sur soi-même de tous les instants, et que ce n'est point trop d'y ajouter une retraite entière et une stricte solitude. Grande pénitente, elle y joignait encore la prière et les jeûnes, et elle n'en restait pas moins convaincue que toutes ces sortes de moyens ne suffisent pas à venir à bout de cette laborieuse entreprise sans un secours particulier de Dieu et sans l'aide de sa grâce, qui seule ne rend pas vains notre effort et notre propos. Aussi considérait-elle son frère comme plus que hasardé pour l'éternité, à moins de quelqu'une de ces circonstances miraculeuses sur lesquelles il ne faut guère compter, car Dieu ne les accorde pas d'ordinaire à qui néglige de les solliciter, avec une ardeur que rien ne rebute, de la Céleste Parcimonie et de la Divine Avarice.

Cependant la conduite inattendue de M. Le Varlon de Verrigny dans l'affaire du voile fit convenir la Mère Julie-Angélique qu'il y avait encore en ce pécheur endurci quelque chose de bon et la lueur d'un petit espoir qu'il sortît un jour de son bourbier. M. Le Varlon, malgré ses iniquités, n'était donc pourtant pas ce qu'on peut appeler un impie, mais un homme honteusement charnel. S'il n'observait pas le commandement de Dieu, il conservait du moins encore quelque crainte de son jugement, puisqu'il ne laissait pas de chercher à se ménager quelque intelligence auprès de celui qui nous jugera. La Mère Julie-Angélique reprit donc un peu goût à un frère qu'elle s'était bien résolue à abandonner à l'enfer, et M. Le Varlon ne tarda pas à se ressentir de ce renouvellement d'intérêt, mais il lui dut de rudes entrevues où la Mère Julie-Angélique tentait de lui ouvrir les yeux sur l'ordure de son état.

Il arrivait assez souvent que la Mère Julie-Angélique mandât son frère auprès d'elle, où il ne se rendait jamais qu'avec un petit tremblement de tout le corps, car ces appels n'avaient lieu que lorsque M. Le Varlon de Verrigny s'était laissé emporter par l'ardeur de sa nature à quelque frasque par trop forte. La Mère Julie-Angélique en était toujours exactement informée. Plusieurs personnes adroites et discrètes, chargées de ce soin, ne manquaient pas de la renseigner à ce sujet. Il fallait alors que M. Le Varlon de Verrigny subît de sévères remontrances et de dures semonces. Le pauvre homme ne tentait pas de s'y dérober. Il montait, l'oreille basse, dans son carrosse et se faisait mener aux Champs. Ce n'était pas sans terreur qu'il voyait apparaître à la grille du parloir la redoutable Mère Julie-Angélique, la grande croix rouge en travers de son corps maigre, et la figure jaune et irritée. Il courbait la tête sous l'opprobre et ne la redressait point avant de s'être entendu dire tout au long qu'il n'était qu'un misérable pécheur guetté par le feu de la géhenne et véritable gibier du diable.

Comme son frère, la Mère Julie-Angélique était naturellement éloquente, et M. Le Varlon de Verrigny sentait le frisson lui passer sur la peau et la sueur lui couler au dos à l'annonce des supplices qui l'attendaient. À quoi la Mère Julie-Angélique ajoutait, depuis quelque temps, des remarques fort désobligeantes, comme d'avertir le malheureux qu'il prenait de l'âge, que cela se marquait à une fâcheuse corpulence, que la rougeur de sa face ne montrait rien de bon, qu'il n'avait plus bien longtemps peut-être à mener une pareille vie, que quelque brusque apoplexie du cerveau menaçait fort de terminer la sienne, et qu'en ce cas la mort est si prompte qu'on n'a guère le temps de se reconnaître, de se repentir et de se confesser, et qu'il lui pourrait fort bien arriver de passer directement des feux du péché aux flammes de l'enfer, et que ce ne serait point faute d'avoir été averti.

Ces discours faisaient trembler jusqu'aux moelles, quand il les entendait, M. Le Varlon de Verrigny, et avaient pour effet de le refroidir pour un temps. Il se comportait avec plus de retenue et évitait les embûches de Satan, mais le Démon avait vite raison de ces efforts. Il savait où faire achopper M. Le Varlon de Verrigny et lui présenter des occasions propres à ce qu'il retournât à ses errements. Il y suffisait de peu, et c'est ainsi que M. Le Varlon de Verrigny s'était laissé prendre au piège, dans la grotte rustique du Verduron, et devant les jupes troussées de madame du Tronquoy.

Ce fut à l'issue du sermon que M. Le Varlon de Verrigny venait de subir sur cette affaire que le rencontra, par hasard, M. de Bréot. La Mère Julie-Angélique avait su l'histoire de la grotte. Madame de Gaillardin, qui s'y était trouvée avec madame du Tronquoy et l'avait échappé belle la racontait tant qu'elle pouvait. Les oreilles de la Mère Julie-Angélique en furent vite informées par la voie accoutumée, ce qui valut à M. Le Varlon de Verrigny un appel auquel il eût bien souhaité ne pas répondre, sans pourtant oser s'y dérober. L'attaque fut terrible et opiniâtre. La Mère Julie-Angélique reprocha moins à son frère sa faute même que les circonstances où il l'avait commise. Il ne lui suffisait donc plus maintenant du secret des draps et de la complaisance des pécheresses. Il étalait sa turpitude en plein air et bientôt il appellerait le public au spectacle de ses ordures. La Mère Julie-Angélique fut admirable. Elle déclara à M. Le Varlon de Verrigny qu'elle désespérait qu'il s'amendât jamais, que le diable ne rôdait plus seulement autour de lui, mais qu'il y était véritablement comme au ventre des pourceaux de l'Écriture, et elle lui ferma la grille au nez avec tant de violence qu'il en demeura stupide et coi.

Il l'était encore un peu quand M. de Bréot le vit venir à lui dans une allée à l'écart du Cours-la-Reine. M. Le Varlon de Verrigny, descendu de son carrosse, marchait à petits pas pour tâcher de reprendre ses esprits. M. de Bréot remarqua son air déconfit et sa mine découragée.

– Ah ! monsieur, – lui dit M. de Varlon de Verrigny en l'abordant par un soupir, – vous voyez un homme au désespoir, et le mien ne vient pas d'autrui. Ne vous étonnez point de me rencontrer en d'amères réflexions. N'est-il pas triste de sentir diminuer en soi le peu de pouvoir qu'on a sur soi-même et de n'y plus trouver de ressources pour se reprendre au bien ?

Et M. Le Varlon de Verrigny fit un geste de ses grosses mains.

– Je puis vous dire, – continua-t-il, – et vous en avez été témoin, que, jusque dans mes pires abaissements, il me restait le désir de m'en relever, mais il faut que je vous avoue qu'il me semble bien que j'ai perdu à présent ce ressort qui était comme la dernière force de ma faiblesse et l'échelon dernier de ma chute. Aussi j'en arrive à regretter de croire en Dieu, puisque je n'ai plus qu'à craindre les jugements de sa justice et que je n'ai point de quoi mériter sa miséricorde.

M. Le Varlon de Verrigny reprit après un silence.

– Si au moins encore j'étais un homme comme vous en êtes un, pour tout dire, un franc impie, j'y trouverais des raisons de vivre à ma guise et l'avantage de me laisser conduire sans remords par mes instincts où je ne verrais simplement que la pente inévitable de ma nature. Je ne songerais pas plus à lui résister que je ne songerais à en regretter les suites. Ah ! si ce que nous pouvons bien faire n'avait point de conséquences éternelles ! Quel repos, quel soulagement, quelle douceur de tous les instants ! Et n'est-ce point là justement l'état où vous êtes, si toutefois les discours que je vous ai tenus l'autre jour en carrosse ont bien pu ne pas ébranler vos pensées sur un sujet où vous en avez, certes, que je réprouve, mais qui vous assurent, je le reconnais, la tranquillité que je vous ai vue et où il me semble vous voir encore ?

M. de Bréot ayant confirmé à M. Le Varlon de Verrigny qu'il n'avait pas changé, en effet, sa façon d'envisager les choses dont il avait pris le parti une fois pour toutes, celui-ci s'arrêta de marcher et reprit avec un nouveau soupir :

– Vous êtes heureux, monsieur, et laissez que j'admire en vous quelqu'un de si ferme en ce qu'il pense que rien ne l'y vient troubler. Quoi ! vous êtes toujours libre de vivre à votre gré. Vous pouvez être, selon que l'occasion vous y pousse, colérique, avare, gourmand ou luxurieux et faire de votre corps tel usage qu'il vous plaît, assuré que personne ne lui demandera compte de ses actions, quand il aura cessé de pouvoir les produire. Car, monsieur, c'est ainsi que vous rendent le mépris de toute contrainte et la dangereuse liberté où vous vous aventurez. Tandis que moi !

Et M. Le Varlon de Verrigny leva les bras et les laissa retomber avec découragement.

– Si je n'avais que votre âge, monsieur, – je ne répondrais pas que je ne tâchasse de m'affranchir de cette certitude qui m'entrave continuellement et me gâte les meilleurs moments d'une vie qui n'a plus chance de devoir être assez longue pour qu'il vaille la peine de la réformer en son principe. Il s'y serait fallu prendre de bonne heure. À quoi sert de ne se faire impie que sur le tard, encore que je sente que j'y éprouverais aujourd'hui une grande facilité, car si je suis fort irrité contre moi-même, je ne suis guère content de Dieu, monsieur. Oui, en vérité, est-ce donc une marque de sa bonté que de laisser un homme sans appui contre des passions dont, après tout, l'auteur véritable est bien celui qui nous a créé ce corps qu'il ne nous aide guère à maîtriser en ses écarts ? Oui, j'enrage, quant au mien, d'avoir à en répondre, au jour où Dieu me le reprendra, sans m'en avoir laissé user tranquillement et sans m'avoir secouru dans les dangers où me précipitent tous les aiguillons qui l'échauffent et qui, si je n'avais dans l'esprit la peur de l'enfer, ne seraient qu'un agréable appel au plaisir où ils me poussent...

– Et pourquoi donc, – dit, après un silence, M. de Bréot, – n'essayez-vous pas de détruire en vous ce qui fait votre malheur, je ne veux pas dire ces aiguillons et ces pointes du désir, mais bien au contraire cette fausse certitude où vous êtes qu'ils travaillent à votre perte ? Pensez-vous donc que la religion soit si naturelle à l'homme et qu'il n'y ait pas un peu, dans ce qu'elle nous semble, de ce qu'on nous ait habitués à la juger telle ? Nous serait-elle donc indispensable si l'on ne nous avait pas instruits dès l'enfance à ne pouvoir nous en passer ? Il me paraît bien plutôt que nous la devons plus aux autres qu'à nous-mêmes et que puisqu'on le peut apprendre, on peut désapprendre aussi à croire en Dieu. Ainsi donc, monsieur, que, dans le retour que nous fîmes, ensemble, du Verduron, dans votre carrosse, vous entreprîtes de me donner ce qui, à vos yeux, me manquait, pourquoi ne tenterais-je pas, à mon tour, de vous enlever ce qui, de votre propre aveu, est de trop à vous-même et ne sert qu'à vous tourmenter en vos plaisirs sans pouvoir vous arrêter en vos instincts ? Ne croyez pas cependant que je prétende assumer une tâche dont je vois la difficulté, mais je connais quelqu'un qui se tirerait à merveille de cet enseignement et pourrait peut-être vous mettre en état de vous passer de ce qui fait le chagrin de votre vie ? C'est, monsieur, un de nos meilleurs impies. Il raisonne bien. Quoique ce ne soit pas son métier, je ne doute point qu'il ne consente à vous entretenir du sujet qui nous occupe, et je suis certain que vous ne sortirez pas de ses mains sans vous y être dépouillé de ces entraves qui ne sont point faites pour des hommes de votre sorte et dont vous n'avez que faire.

La figure de M. Le Varlon de Verrigny amusait fort M. de Bréot, qui y lisait la curiosité d'essayer ce singulier remède en même temps qu'une hésitation à s'y risquer. Ce combat donnait aux traits du visage de M. Le Varlon de Verrigny des expressions successives et assez divertissantes. Enfin, il se décida à demander à M. de Bréot le nom de ce catéchiste à l'envers. M. de Bréot nomma M. Floreau de Bercaillé.

– Ne vous laissez pas, monsieur, rebuter par l'apparence, – répondit M. de Bréot, quand M. le Varlon de Verrigny lui eut objecté l'état que tenait dans le monde M. Floreau de Bercaillé, – et souvenez-vous que les Gentils reçurent leur foi de gens de peu. Ce sont des pieds chaussés de sandales grossières qui ont porté dans l'univers ce qu'on a appelé longtemps la vérité, et laissez-moi vous envoyer au rebours cet apôtre crotté qui, pour un petit écu, vous dira des choses admirables et qui vous mettront l'esprit en repos.

Lorsque M. Le Varlon de Verrigny eut pris jour, moitié sérieux, moitié riant, avec M. de Bréot pour la visite apostolique de M. de Bercaillé et qu'il fut remonté dans son carrosse, M. de Bréot continua à regarder ceux qui passaient. Il y avait force promeneurs, ce jour-là, sur le Cours, et il y régnait une grande animation de saluts et de rencontres. M. de Bréot y reconnut plusieurs personnages d'importance dont il connaissait de vue les visages. Le vieux Maréchal de Serpières y montra le sien, qui était fort ridé, à la portière de son carrosse. Le prince de Thuines passa dans le sien. M. de Bréot aperçut sa figure hardie et dangereuse où le sourire ajoutait une grâce aiguë et comme coupante. Et M. de Bréot ne pouvait s'empêcher de penser que tout ce monde, qui allait et venait, vivait à l'aise dans ce même péché où se tourmentait le pauvre M. Le Varlon de Verrigny. En effet, le plaisir que l'on prend avec son corps n'est-il pas une occupation presque entièrement commune à tous ? N'est-ce donc point pour s'y engager les uns et les autres que les hommes et les femmes se parent, se saluent, se coudoient, s'abordent et se complimentent ? Est-il aucun péché dont on convienne aussi volontiers que celui de la chair ? Tandis qu'on hésite à s'avouer brutal, avare ou envieux, ne se prétend-on pas ouvertement galant, paillard ou débauché, encore que les délicats fassent à leur luxure un masque de l'amour, mais ce postiche ne trompe personne ? Le plus délicat, comme le plus grossier, en arrive toujours au même point. Aussi trouvait-il que M. Le Varlon de Verrigny mettait bien des façons à une chose si publique et si agréable, et qui, à lui, Armand de Bréot, ne paraissait que naturelle, car c'est la nature elle-même qui nous la commande et nous en fournit le moyen. M. de Bréot n'était pas sans avoir reçu plus d'une fois cet ordre de la nature, et il se souvenait, en particulier, du récent désir que lui avait fait éprouver, aux fêtes du Verduron, la vue de la belle madame de Blionne, dansant au ballet des Sylvains, parmi les verdures et les lumières, en sa robe d'argent qui faisait d'elle la Nymphe même des Fontaines, et il en ressentait encore, de l'avoir imaginée nue et ruisselante, sous ses atours transparents, un petit frisson voluptueux.

Dans cette nuit-là, M. de Bréot avait pensé souvent à madame de Blionne, aussi ne quitta-t-il point le Cours-la-Reine avant d'être assuré que son carrosse n'y était pas. Il ne l'avait rencontrée qu'une fois après le soir du Verduron, et encore avec sur le visage un masque de velours, ce qui ne l'avait point empêché de la reconnaître à son port et à sa démarche.

En ces pensées, M. de Bréot se mit en chemin pour retourner chez lui, et en songeant qu'il avait promis à M. Le Varlon de Verrigny de lui envoyer, au plus tôt, M. Floreau de Bercaillé ; mais l'amusement qu'il ressentait, à l'idée des entretiens où M. Floreau de Bercaillé sortirait ses meilleurs arguments pour convaincre M. Le Varlon de Verrigny, ne parvenait pas à dissiper son amoureuse mélancolie, et, chez le luthier où il entra chercher des cordes pour son luth, il ne mit point à ce choix son soin ordinaire, et prit, sans y trop regarder, le boyau que lui présenta, avec un sourire et une révérence, la jolie Marguerite Géraud, la luthière de la *Lyre d'argent*.

M. de Bréot habitait dans une maison de la rue du Petit-Musc où il avait pris logis. La façade était étroite et haute et assez délabrée, mais l'usage, par derrière, d'un petit jardin faisait passer M. de Bréot sur l'inconvénient de divers voisinages dont le moins agréable était celui des gens qu'on appelait les Courboin et qui occupaient des chambres au-dessus de la sienne. Le sieur Courboin et sa femme exerçaient le métier de vendre toutes sortes d'objets, et principalement des habits de rebut et des nippes défraîchies. On remontait chez eux sa garde-robe à peu de frais, et dans toute leur friperie, il y avait de quoi se vêtir assez bien, car ce qui, pour les uns, est déjà hors d'usage est juste à point pour que d'autres leur en trouvent un. Le sieur Courboin se montrait expert à vous assortir. C'était un assez vilain petit homme, contourné et chassieux, et sa femme une grande commère sournoise et criarde. Ce commerce amenait dans la maison des gens de toute espèce et peu recommandables, si bien que M. de Bréot, quand il sortait, ne laissait guère la clef sur la porte ni à ses coffres qui contenaient ses vêtements, son linge et plusieurs luths, dont un, en bois incrusté, auquel il tenait beaucoup.

Ce fut celui-là que M. de Bréot tira de son étui pour y ajuster la corde qu'il rapportait de chez le luthier, et qu'il alla essayer dans le petit jardin. M. de Bréot aimait fort s'y asseoir ainsi au crépuscule, quoique le lieu fût assez mélancolique, à l'étroit entre de hauts murs, avec quelques arbres maigres dont les feuilles commençaient à tomber dans les allées humides. Septembre finissait. Plus d'un mois avait passé depuis les fêtes du Verduron. M. de Bréot pinça les cordes qui résonnèrent tristement. L'image de madame de Blionne lui apparut de nouveau, charmante, argentée et nue. Il baissa les yeux, et, au lieu de la brillante vision, il aperçut une fillette qui le regardait. C'était la fille de ces Courboin. Elle pouvait avoir au plus une quinzaine d'années. Elle était maigre, avec le visage pâle et chétif, vêtue d'une robe trop large et trop longue pour sa petite taille et pour son corps grêle, car les Courboin prenaient en leurs défroques de quoi l'habiller. Elle s'appelait Annette et venait souvent écouter M. de Bréot jouer du luth. Elle se tenait auprès de lui tranquille et attentive.

M. Floreau de Bercaillé, qui se remontait parfois, chez les Courboin, d'un peu de linge et de hardes, quand madame la marquise de Preignelay tardait trop à les lui renouveler, avait un jour trouvé M. de Bréot en cette compagnie. Sa présence ayant fait fuir la fillette, M. de Bercaillé complimenta M. de Bréot de cette élève, d'un air narquois et entendu.

M. de Bréot avait haussé les épaules, mais M. Floreau de Bercaillé lui avait répondu en riant qu'il en connaissait plus d'un à qui cette poitrine plate et cette maigreur ne déplairaient pas, que ce n'était point son affaire à lui, mais que c'en était une à proposer, et il se retira en grommelant entre ses dents.

M. Floreau de Bercaillé accueillit sans empressement l'offre que lui fit M. de Bréot de servir de maître à M. Le Varlon de Verrigny dans l'effort que celui-ci voulait tenter sur lui-même. M. de Bercaillé, en son galetas, entouré de fioles et de pots, était d'assez méchante humeur. Monsieur et madame de Preignelay n'échappaient pas à sa bile. Il les accusait de plusieurs désagréments qui lui étaient arrivés depuis les fêtes du Verduron, le premier du fait de cette petite servante avec qui M. de Bréot l'avait trouvé au lit et qui cachait, sous l'apparence d'une peau saine, un mal qui coûte cher en remèdes et en tisanes. La bourse dont monsieur et madame de Preignelay avaient récompensé son ballet des Sylvains était légère. Décidément les grands devenaient avaricieux. M. de Bercaillé maudissait sincèrement son métier, qui ne nourrissait guère son homme et ne lui fournissait pas de quoi se soigner. Il se déclarait dégoûté jusqu'au hoquet et au vomissement.

– Ah ! les grands, les grands ! – dit-il à M. de Bréot en avalant avec une grimace un jus d'herbes amères, – les grands n'ont guère la reconnaissance de ce qu'on fait pour eux. Je ne connais pas ce Le Varlon de Verrigny dont vous me parlez et qui, me dites-vous, a besoin de moi pour que je lui enseigne à vivre selon la nature, mais prétendez-vous, quand j'aurai réussi à le débarrasser du fatras qui lui encombre l'esprit, qu'il gardera quelque souvenir du service que je lui aurai rendu ? Il me comptera, en écus, le prix convenu, mais me conservera-t-il ce souvenir qu'on doit au maître qui vous a appris à penser librement ? Non, quand je l'aurai tourné du dévot au libertin, il se vantera d'y être venu tout seul et s'en accordera le mérite. D'ailleurs, cette ingratitude ne me chagrine guère, et ne supposez pas que je regretterai de lui avoir communiqué des façons dont je suis heureux de me défaire à son profit. Le métier d'impie ne vaut plus rien, et voici le temps venu où il va falloir croire en Dieu, et il se pourrait bien que vous vissiez le jour où j'en serai là, dont j'espère, monsieur, si une fois je m'en mêle, me tirer aussi bien que n'importe qui.

M. de Bréot, ayant complimenté M. Floreau de Bercaillé de ces nouvelles dispositions et lui ayant indiqué le logis de M. Le Varlon de Verrigny, se retira. Il était assez triste pour que la folie des hommes ne le divertît pas comme elle l'eût fait à un autre moment. La pensée de madame de Blionne continuait à le tourmenter, d'autant qu'il apprit à quelques jours de là que M. de Blionne, malgré la saison qui s'avançait, emmenait sa femme dans ses terres où ils passeraient l'hiver ; et M. de Bréot imaginait la belle Nymphe des Fontaines, prisonnière de l'absence et de l'intempérie, et nue en sa robe argentée, comme en un bloc de glace transparente.

Le temps arriva du départ de madame de Blionne, sans que M. de Bréot eût cherché à revoir M. Le Varlon de Verrigny ni M. Floreau de Bercaillé et sans qu'il se fût enquis des suites de l'aventure où il les avait mis aux prises. Le mois d'octobre fut pluvieux et M. de Bréot ne sortit guère de sa chambre. Il s'inquiétait des routes boueuses où le carrosse de madame de Blionne penchait aux ornières. Pour se distraire de ces soucis ou plutôt les accompagner, M. de Bréot jouait de son luth, sa fenêtre ouverte sur le petit jardin, car l'air était doux encore et les dernières hirondelles volaient dans le ciel gris. Un après-midi, qu'il s'occupait à ce passe-temps, il aperçut de sa fenêtre M. Floreau de Bercaillé qui causait au fond du jardinet avec le sieur Courboin. Ils convenaient sans doute du prix de quelques hardes, et M. de Bréot allait appeler M. de Bercaillé pour lui demander des nouvelles de M. Le Varlon de Verrigny, mais M. de Bercaillé disparut brusquement, tandis que le sieur Courboin le saluait fort bas, dans le dos, comme quelqu'un à qui l'on doit plus que l'achat de quelques nippes. M. de Bréot referma sa fenêtre, car l'heure commençait à fraîchir, et remit son luth à l'étui. Les cordes harmonieuses ne parvenaient pas à consoler sa tristesse, mais ce fut à elles pourtant que, le lendemain encore, il demandait quelque soulagement de sa peine, quand il entendit gratter à sa porte. La petite Annette Courboin entra et s'assit sans rien dire devant lui. M. de Bréot lui remarqua une mine altérée et une bouche qui allait pleurer. Peu à peu le soir tombait. Il cessa de jouer. La petite soupira dans l'ombre. Il lui parut qu'elle allait lui parler, quand elle tressaillit à la voix de sa mère qui l'appelait du haut de l'escalier et s'esquiva sans avoir rien dit.

Resté seul, M. de Bréot se souvint qu'il avait promis à madame la marquise de Preignelay de lui porter un cahier de musique. Quand il entra, après s'être arrêté chez le traiteur où il soupa d'un poulet et d'une bouteille de vin, la nuit était fort obscure et le couvre-feu sonné depuis longtemps. M. de Bréot s'apprêtait à se mettre au lit, lorsqu'il crut entendre marcher dehors. Il ouvrit doucement sa fenêtre qui donnait sur le jardin. Deux personnages y conversaient arrêtés et, quoiqu'ils parlassent bas, M. de Bréot crut reconnaître à l'un d'eux la voix de M. Floreau de Bercaillé. Puis, après un échange de propos indistincts, les deux hommes se séparèrent.

M. de Bréot quitta la fenêtre et courut à la porte. Un pas montait l'escalier. M. de Bréot, par la serrure, vit passer le visiteur. Il était gros, enveloppé d'un manteau sombre, avec un chapeau rabattu sur son visage. Un flambeau qu'une main tendait au-dessus de la rampe, à l'étage des Courboin, prouvait qu'ils attendaient cette visite nocturne.

M. de Bréot, fort incertain, au lieu de se coucher, s'assit dans un fauteuil. Il attendit ainsi un peu de temps. Sans doute les Courboin traitaient quelque affaire d'importance et qui demandait le secret ; et il allait se mettre au lit, quand il entendit marcher au-dessus de sa tête avec lourdeur et précaution. Puis, tout à coup, un cri étouffé, puis un autre. Malgré l'épaisseur du plafond, il reconnut distinctement la voix de la petite Annette. Le bruit continuait. C'était celui d'une lutte. On courait dans la chambre. Il y eut le vacarme d'un meuble renversé. Les gémissements recommencèrent, assourdis, et se turent.

M. de Bréot s'était précipité dans l'escalier. D'un coup d'épaule, il fit sauter le verrou de la porte des Courboin. Tous deux étaient assis sur des ballots de chiffons avec, entre eux, sur un escabeau, une chandelle fumeuse. À la vue de M. de Bréot, ils se levèrent comme pour lui barrer le chemin. Du poing il les envoya rouler dans un tas de guenilles, la femme sur le ventre, l'homme sur son cul et laissant échapper de ses mains une pile de pièces d'or qui tombèrent sur le carreau. Sans s'occuper d'eux davantage, M. de Bréot avait saisi le chandelier et passé outre.

Un seul flambeau éclairait assez mal la chambre où il entra. Sur le lit défait et dont les draps pendaient jusqu'à terre, un corps était étendu. La petite Annette montrait sa nudité maigre et anguleuse. Ses cheveux, bien peignés en chignon, ne s'étaient pas déroulés. Ses jambes minces tremblaient et ses genoux s'entrechoquaient avec un petit bruit sec. M. de Bréot s'approcha. La fillette portait, aux bras, des meurtrissures et, au cou, la trace des ongles qui le lui avaient serré. Il se pencha sur elle. L'enfant ouvrit les yeux. Ranimée, elle ramenait sur sa peau le linge déchiré de sa chemise, et, assise, les jambes pendantes, elle pleurait à gros sanglots, sa tête dans ses mains, ce qui faisait saillir son échine maigre.

M. de Bréot regarda autour de lui. Dans un angle de la pièce, un gros homme se tenait, le nez collé à la muraille. Effaré, piteux et tremblant, il se retourna, les mains jointes, et, à la lumière de la chandelle, M. de Bréot reconnut, en cette posture, qui lui était familière, M. Le Varlon de Verrigny, comme il l'avait déjà vu une fois, la perruque de travers, le linge en désordre et sa grosse figure rougeâtre et suante toute bouleversée, cette fois, de luxure, de surprise et de peur.

Cependant les Courboin, relevés de leur chute, avaient mis le nez à la porte. M. de Bréot alla à eux. Ils l'écoutaient la tête basse. La petite Annette avait cessé de pleurer et prêtait l'oreille au conciliabule. Quand il eut pris fin, M. de Bréot revint à M. Le Varlon de Verrigny et lui fit signe de le suivre. Le gros homme obéit docilement. Arrivé dans la chambre de M. de Bréot, il se laissa choir sur un coffre. Il ne regardait pas M. de Bréot, qui se tenait devant lui en silence, et il fixait ses yeux au plancher, affaissé, et ses deux mains à ses genoux. Il serait demeuré là indéfiniment si M. de Bréot ne l'eût tiré de ses réflexions par un :

– Eh bien, monsieur Le Varlon de Verrigny ? qui fit lever au gros homme ses mains boursouflées, qu'il laissa retomber pour répondre d'une voix étouffée :

– Ne me donnez plus ce nom, monsieur, il représente quelqu'un que j'ai cessé d'être et qui ne cessera plus de me demeurer comme un sujet d'horreur et de dégoût.

Et il ajouta avec componction :

– Car celui que vous dites, monsieur, c'est bien lui que vous avez trouvé tout à l'heure, non seulement dans un état indigne d'un homme et honteux à un chrétien, mais dans celui d'un véritable criminel dont le cas relève de la justice.

M. de Bréot fit un signe d'acquiescement.

– Pourtant, – continua M. Le Varlon de Verrigny, – n'est-ce point sur la justice des hommes que je compte pour me punir. Je la connais trop pour ne pas savoir qu'il y a certains coupables qu'elle évite de châtier, et je craindrais d'être de ceux-là. Je redoute d'elle des ménagements dont je ne veux point. Aussi est-ce à celle de Dieu que je m'adresserai, car la sienne ne considère l'état et la condition de personne, et nous sommes tous égaux à son jugement et à sa sévérité. C'est donc en ses mains que je me remets.

Il reprit après une pause :

– Ne pensez pas, monsieur, qu'elle ait affaire à un impie endurci ou à un athée déterminé. Non. Votre Floreau de Bercaillé, avec tous ses discours, n'y a rien pu. Il ne m'a ménagé ni les raisonnements ni les apologues, et il a fait son métier jusqu'au bout. Il n'a pas tenu à lui que je devinsse le plus solide des esprits forts. Ce n'est pas pourtant ce que je lui aurai dû, car j'ai moins profité de son enseignement que de sa complaisance.

C'est la sienne, monsieur, qui m'a amené ici. Elle ne croyait me conduire qu'au plaisir, ou, du moins, à ce qui, en ma turpitude, m'en semblait un ; mais les desseins de la Providence sont mystérieux et impénétrables. Dieu s'est servi d'une petite fille que monsieur de Bercaillé avait découverte dans un galetas pour anéantir en moi le vieil homme, car c'en est bien fini de lui, monsieur, et par un événement bien inattendu.

M. Le Varlon de Verrigny se tut un instant.

— En vérité, il ne fallait pas moins que quelque étonnante conjoncture pour me retirer du bourbier où je retombais sans cesse. Vous m'y avez vu, par deux fois, et, aujourd'hui, en une circonstance assez particulièrement honteuse. Que ce spectacle au moins vous serve. Apprenez-en où peut mener ce goût des femmes que vous considérez comme un effet de la nature et dont je vous ai entendu plaisanter. Sachez à quelle violence et à quelle fureur il peut conduire et comment il peut faire de nous ce que vous voyez qu'il a fait de moi.

M. de Bréot continuait à écouter M. Le Varlon de Verrigny.

— Oui, monsieur, j'espérais satisfaire décemment et obscurément cette sorte de désir, quand M. Floreau de Bercaillé, entre deux arguments de sa démonstration, m'indiqua la fille de ces bonnes gens. Puisque je ne pouvais enlever de mes reins l'aiguillon qui les enflamme, ne valait-il pas mieux éviter le scandale à ma faute ? Vous savez le bruit fâcheux de mon aventure dans la grotte avec madame du Tronquoy ? Puisque mon péché était plus fort que moi, il me semblait préférable de ne lui pas donner tant de retentissement. L'affaire que me proposait monsieur de Bercaillé me parut discrète et convenable. Je consentis à le suivre, et, à cette heure, monsieur, il m'attend en bas dans mon carrosse et ne se doute guère de l'endroit où il me va mener, en sortant d'ici.

M. Le Varlon de Verrigny reprit haleine.

– En y arrivant, tout à l'heure, il me laissa aux mains de ces honnêtes gens à qui je comptai la somme convenue. Ils m'assurèrent que tout irait bien, qu'on m'attendait à côté, qu'on avait prévenu la personne en question, qu'elle était à mon égard dans les meilleures dispositions et que je ne manquerais pas d'être content d'elle, si je lui voulais passer un manque d'usage que sa jeunesse excusait. C'est en parlant ainsi qu'ils m'ouvrirent la porte de cette chambre où vous m'avez trouvé. Elle était assez mal éclairée, et par une seule lumière. Je m'approchai du lit à pas mesurés. La petite s'était endormie, et elle dormait si profondément que je pus, sans qu'elle s'éveillât, écarter le drap et soulever la chemise qui la couvrait. Son corps m'apparut. Il n'était ni beau ni séduisant. Je le considérai longuement. Décidément elle me paraissait trop jeune et peu à mon goût et j'allais peut-être me retirer, quand j'eus l'imprudence de porter ma main où mes yeux même n'auraient point dû s'arrêter.

» À ce moment, monsieur, je me sentis parcouru d'une chaleur subite. Un feu me brûla. La petite venait de se réveiller. Elle ne se montrait pas surprise de ma présence, dont elle avait été sûrement avertie, et elle me sourit gentiment, mais elle rougit de se voir découverte et rabattit vivement sa chemise. Je hasardai alors quelques privautés, mais, à mon grand étonnement, elle y résista si bien que je tentai davantage. Elle se défendait et me suppliait tout bas de m'en aller, mais cette prière, qui pouvait bien n'être qu'une feinte, eut pour effet de m'enhardir et de me donner à penser que cette mignonne n'en était pas à son coup d'essai. Aussi voulus-je brusquer les choses. Ce fut alors qu'elle commença à crier et à appeler. Ces cris, au lieu de me refroidir, m'échauffèrent. Je l'avais saisie et elle se débattait, tellement qu'elle m'échappa et se mit à courir par la chambre. La poursuite fut chaude. Enfin je l'empoignai par sa chemise et nous tombâmes sur le lit. Pour tout de bon, elle appelait au secours. Que voulez-vous, monsieur, je la serrai à la gorge ? Peu à peu, sa défense se relâcha. Je pressai son corps sous le mien. Elle me regardait de ses yeux élargis. Ah !

monsieur, quel moment ! Je la sentais fondre sous moi, comme je me sentais fondre en elle, mais à mesure que je la pénétrais de la substance même de mon péché, il me semblait que son visage se transformât et devînt épouvantable. Ce n'était plus une figure humaine, mais un masque diabolique qui présentait à ma vue son aspect effrayant. La face même du Démon, monsieur, et ce démon, était celui qui vivait en moi et qui m'apparaissait, visible en toute son horreur ; et je sentais en mes veines le feu de l'enfer et j'en étais, monsieur, la fontaine allumée et le jet brûlant.

M. le Varlon de Verrigny s'était levé, tout haletant de péché. Son ombre, projetée sur le mur par la clarté de la chandelle, était difforme et terrible. M. de Bréot se taisait. M. Le Varlon de Verrigny reprit avec une exaltation redoublée :

– C'est là, monsieur, c'est là, où se révèle le miracle de la grâce. Les voies de Dieu sont mystérieuses. Il fallait que j'en arrivasse à ce point de turpitude et d'ignominie pour bien montrer que, sans Dieu, l'homme ne peut rien sur lui-même. C'est ainsi que le Souverain Maître de nos fortunes terrestres, comme des éternelles, m'a laissé tomber au rang des bêtes les plus basses et les plus dangereuses. Mes mains ont saisi ; mes ongles ont griffé. Dieu me voulait en cette posture avilie pour que sa grâce m'y vînt chercher. Ah ! monsieur, vous le dirai-je et le croiriez-vous ? À cette minute épouvantable, il m'a semblé que mon péché sortait de moi pour n'y plus rentrer. J'en étais, pour ainsi dire, vidé. Écoulé de ma chair et englouti dans une autre chair, j'en étais comme assaini. Il ne m'en restait que l'horreur, la courbature et la fatigue.

Et M. Le Varlon de Verrigny étira ses jambes alourdies.

– Je vous disais vrai, tout à l'heure. Oui, vous n'avez point devant vos yeux ce monsieur Le Varlon que vous avez connu naguère, paillard et débauché. C'est un autre homme qui vous parle et qui ne se souvient de l'ancien que pour en pleurer les hontes, car ce nouveau venu est encore tout chargé d'iniquités, mais sincèrement décidé à en obtenir le pardon et à mener pour cela la vie qu'il faut, sans qu'aucune rigueur le rebute de son propos. Cette entreprise de pénitence n'est point ce que vous pourriez croire. N'y voyez pas une de ces contritions passagères que ressent parfois le pécheur entre le dégoût du péché commis et l'ardeur de le commettre encore. Non. Je me sens ferme en mon projet, et tout assuré de l'avenir. Cependant, quelles que soient ma méfiance et ma sûreté en mon nouvel état, ne supposez pas que je le veuille hasarder aux dangers du monde. C'est dans une solitude que je prétends me retirer. Vous me direz peut-être que j'eusse pu moins attendre et profiter déjà d'un de ces courts répits dont je vous parlais. Hélas ! auriez-vous voulu que je salisse ma retraite de l'ordure de mes pensées ? J'aurais peuplé ma solitude des désirs de ma chair, tandis que je n'y apporterai maintenant que l'écorce d'un corps en qui la semence mauvaise est desséchée et ne fermentera plus. Car tel est l'événement de cette nuit où le péché a brûlé en moi ses dernières flammes et s'est éteint dans sa propre cendre. Aussi, ai-je choisi le lieu de ma retraite. C'est à Port-Royal-des-Champs que me va conduire le carrosse qui est en bas. Vous connaissez la sainte réputation de cet asile. Parmi ces solitaires, celui qui fut dans ce monde monsieur Le Varlon de Verrigny entreprendra de se rendre digne de la grâce que Dieu lui a accordée et que je souhaite, monsieur, qu'il vous accorde un jour comme à moi, car, sans lui, que serions-nous et s'il ne prenait son propre parti contre nous-mêmes ?

M. Le Varlon de Verrigny avait cessé de parler. M. de Bréot moucha la chandelle, qui charbonnait. On n'entendait plus aucun bruit chez les Courboin. Le petit jardin pluvieux s'égouttait doucement dans l'ombre.

– Ma foi, monsieur, – répondit après un instant M. de Bréot, – tout cela me semble fort bien, excepté pour cette petite fille qui ne méritait point d'être la cause de si grands changements et avec qui la Providence en a pris un peu à son aise. J'ajouterai seulement que je vous envie d'avoir ainsi Dieu pour vous pardonner ce que j'aurais bien de la peine à me passer à moi-même, si j'en avais fait autant, ce qui n'a guère chance de m'arriver, car, si j'estime naturel que les hommes prennent du plaisir au corps des femmes, toutefois faut-il qu'elles veuillent bien ce que nous en voulons. Je ne comprends point, à cela, qu'on force personne, ni par ruse, ni par argent, ni par violence. Passé quoi, monsieur, il me paraît qu'on peut vivre à sa guise et jouer du luth à son gré.

Et M. de Bréot, remarquant le sien demeuré par mégarde sur la table, le remit soigneusement en son étui, tandis que Le Varlon de Verrigny s'étonnait un peu que ce petit impie de province ne montrât pas plus d'admiration pour quelqu'un de touché si brusquement et si délicatement par la grâce divine ; et M. Le Varlon de Verrigny, rajustant ses chausses et rentrant son linge, ayant salué M. de Bréot, s'en alla à Dieu, d'un pas grave.

IV

CE QUE SE PROPOSAIT M. HERBOU, LE PARTISAN, ET CE QU'IL PROPOSA À M. DE BRÉOT.

La marquise de Preignelay se déclarait fort contente des services de la petite Annette Courboin que M. de Bréot avait placée chez elle pour la retirer d'auprès de ses parents. Ces honnêtes gens consentirent sans beaucoup de difficultés à ce que voulut M. de Bréot. Ils se montraient en effet assez penauds des suites de la visite nocturne de M. Le Varlon de Verrigny, et ils commençaient à penser qu'il n'est point aussi facile qu'on le suppose communément de tirer parti des moyens que la Providence nous offre de remédier à l'insuffisance de notre condition. Il leur restait bien de l'aventure une certaine bourse d'or que leur avait remise M. Le Varlon de Verrigny, mais il leur demeurait aussi aux oreilles les bons avis que ne leur avait pas ménagés M. de Bréot. Il avait laissé entendre que M. le lieutenant de police n'aime guère les trafics du genre de celui dont ils avaient fait l'essai ; de telle sorte que les deux Courboin furent assez disposés à s'en tenir là. Ils paraissaient résignés à croire que la volonté de Dieu était qu'ils s'occupassent à vendre des loques et des chiffons au lieu de chercher à accroître leur bien par des voies plus courtes et plus lucratives. C'est pourquoi ils permirent aisément à M. de Bréot d'emmener avec lui leur fille Annette pour la conduire à madame la marquise de Preignelay, qu'elle devait seconder dans les diverses pratiques auxquelles, chaque jour, cette dame ne manquait pas, afin de se mettre en état de recevoir la Cour et la Ville, et de façon à ne point écarter par l'aspect de son visage ceux qu'elle attirait à elle par l'agrément de son esprit.

Il lui fallait quelqu'un pour l'aider à ces soins. La jeune Annette dut donc apprendre à habiller et à coiffer, à passer une chemise, à tendre les bas et à s'acquitter de différentes complaisances en échange de quoi Annette Courboin reçut, de madame de Preignelay, le lit, la table, et un écu par mois. Au bout de peu de temps, du reste, elle s'acquitta fort bien de cet office. Elle prit bonne mine et engraissa, et elle devint vite presque jolie, ce dont madame de Preignelay s'aperçut assez pour faire coucher la fillette dans un cabinet contigu à sa chambre et dont elle mettait, le soir, la clé sous son oreiller, car elle entendait bien qu'il n'arrivât rien de fâcheux chez elle à sa protégée ; aussi la tenait-elle avec soin hors de portée des laquais et des porteurs, d'autant que, comme elle le disait justement à M. de Bréot, cette petite n'avait pas l'air de regretter tant que cela d'avoir été violée moins de deux mois auparavant...

– Oui, monsieur, – disait madame de Preignelay – pas tant que cela et même pas autant qu'il faudrait ! Certes, je pense aussi qu'il n'est rien de plus naturel qu'une pareille aventure de corps finisse, après avoir été considérable, par se confondre avec les petits événements qui composent la trame ordinaire et mêlée de la vie. N'est-il point juste qu'elle prenne sa place dans la mémoire et ne s'y distingue plus guère de ce qui l'environne. Il ne faut pas, et j'en conviens volontiers, pour un accident de cette sorte, en garder la tête basse et en verser des larmes continuelles, mais je ne voudrais pas non plus qu'on en levât le front et qu'on en fit parade. Certes, votre Annette n'en est pas à cet excès, mais je vous jure qu'elle songe sans déplaisir à ce qui lui est arrivé et, quand elle me tend mes bas et qu'elle me donne ma chemise, elle me regarde avec un petit air d'importance qui semble dire, que je n'ai pas eu l'honneur, moi, de passer par les mains d'un monsieur Le Varlon de Verrigny, homme de qualité et avocat au Grand-Conseil...

M. Herbou, le partisan, qui était, avec M. de Bréot, assis dans la ruelle de madame la marquise de Preignelay, partit d'un grand éclat de rire où se mêla doucement celui de M. de Bréot.

— N'avez-vous point honte, messieurs, — repartit madame de Preignelay, — de vous laisser aller ainsi à un rire que je dois traiter d'immodéré, car il vient, j'en suis certaine, autant que de l'amusement où vous êtes par l'arrogance naïve de cette fillette, d'un sentiment de moquerie envers ce pauvre M. Le Varlon de Verrigny. Pourtant, messieurs, si vous voulez bien considérer l'origine de votre gaîté, je ne doute pas que vous n'en rougissiez. Elle a pour principe une image qui n'a rien de beau ni de relevé. Vous êtes là à rire de quelque chose dont la pensée même devrait vous offenser, et il suffirait tout bonnement, pour qu'il en soit ainsi, que ce qui n'est pour vous qu'une idée plaisante redevienne tout à coup un spectacle véritable. À pareille épreuve, resteriez-vous là à vous gausser des façons maladroites ou brutales que met un homme, en ce cas, pour en venir à ses fins ? Et c'est cependant ce qui vous amuse en cet instant ! Vous imaginez monsieur Le Varlon de Verrigny en une posture dont vous ne supporteriez pas l'odieux, si vous en étiez témoins. Je vous vois tous les deux courir au secours de la victime ! Et n'est-ce point d'ailleurs ce que vous avez fait, vous, monsieur de Bréot ? Mais voici bien l'esprit de l'homme ! Il est faible et ne retient qu'assez mal les impressions qu'il a reçues. Les plus fortes même ne tardent point à diminuer. Il y a une distance où elles prennent un aspect bien différent de ce qu'elles nous semblaient, et le souvenir que nous en gardons n'est point pareil à celui que nous en devrions avoir, si notre mémoire conservait exactement ce que nos yeux ont aperçu. N'en est-il pas un peu de même dans la facilité que nous montrons à nous pardonner certaines actions qui nous paraîtraient, sans aucun doute, indignes de nous, si l'éloignement où notre indifférence se hâte de les reléguer ne substituait à leur figure véritable quelque chose qui n'en est que le masque et le fard.

– J'ai souvent observé en effet, – dit timidement M. de Bréot, – que les mots aussi ne gardent pas toujours le sens entier de ce qu'ils signifient, et c'est pourquoi les honnêtes gens nomment souvent les actions les plus atroces et les plus viles avec une aisance qui n'est point l'indice qu'ils seraient capables de les commettre ni la preuve qu'ils n'éprouvent pour elles aucune répugnance. Cette habitude, qui n'est pas bonne, fait que l'on remarque dans la conversation des hommes de quoi les croire moins délicats et plus méchants qu'ils ne le sont. Plus d'un qui ne parle couramment que de battre et de tuer n'a guère l'envie de l'un ni de l'autre et serait bien étonné si on lui mettait en main l'épée ou le bâton pour l'usage de ce qu'il recommande si volontiers. Qui n'a souhaité parfois, par humeur, que le Diable emportât ses meilleurs amis et qui les retiendrait par la basque, si la fourche du Démon se mettait à faire incontinent l'office qu'on souhaitait d'elle !

– Cela est tout à fait vrai, – répondit M. Herbou, – mais il faut avouer que le contraire ne l'est pas moins. Si certains mots ne conservent plus avec ce qu'ils signifient cette étroite liaison qui les y devrait rattacher et rendre circonspect sur leur emploi, s'ils ont perdu par là de l'effet qu'il faudrait qu'ils nous fissent, il en est parmi eux qui, séparés de ce qu'ils veulent dire exactement, en disent davantage à qui ne prend pas la peine d'en faire le tour et de considérer ce qui se cache derrière. J'en sais ainsi, qui montrent d'avance mauvaise figure. On établit, une fois pour toutes, qu'ils ont tort et l'on ne veut plus revenir sur leur compte, non plus que convenir qu'ils auraient peut-être, à y bien regarder, meilleure mine qu'ils n'en ont l'air. J'ajouterai que, de ces mots ainsi décriés, tous ne le sont pas avec une égale raison. Si tous même représentent des actions en elles-mêmes condamnables, il importerait encore d'avoir égard aux circonstances où elles ont lieu. J'admets assurément, par exemple, qu'on ne doive violer personne et que cela ne soit point beau, car il y faut une suite de gestes et de simagrées dont l'idée ne nous plaît guère, du moins chez les autres. Cependant avant de les réprouver tout à fait, siérait-il de savoir si ces sortes d'abus de corps n'ont point d'excuse dans une disposition du nôtre, et, pour condamner définitivement une façon d'agir si commune et attacher à son seul nom un opprobre universel, conviendrait-il d'être certain que, des deux personnes indispensables dans cette affaire, une n'ait point eu de bonnes excuses à s'y laisser aller et que l'autre ait eu à en souffrir autant qu'on le pense communément, ce qui ne me paraît point le cas de votre petite Annette, puisqu'elle en montre, comme vous le dites, moins de chagrin que de...

M. Herbou n'acheva pas son propos, car madame de Preignelay l'interrompit avec vivacité.

– Ah, monsieur, pouvez-vous parler ainsi avec tant de légèreté d'un événement dont les suites sont si considérables, non pas pour cette petite qui, une fois le quart d'heure passé, en a tiré, je l'avoue, plus de bien que de mal, mais pour ce pauvre monsieur Le Varlon de Verrigny ! Je ne veux pas dire que lui-même n'en éprouvera point aussi quelque avantage, puisque cet événement lui aura valu, sans doute, son salut éternel ; pourtant, le voilà tout de même en une conjoncture assez fâcheuse, qui est celle d'un homme arraché brusquement du milieu du monde et conduit par la grâce dans une solitude où il s'occupe à la plus dure des pénitences, car sa sœur, la Mère Julie-Angélique, est là pour en régler le détail, et vous ne doutez pas qu'elle ne ménagera rien pour la rendre ce qu'il faut qu'elle soit. Notre ami, en effet, n'a pas à achever doucement, dans une retraite prudente, une existence déjà épurée par ce qui prépare, d'ordinaire, des résolutions pareilles à la sienne. Il y a tout à faire, messieurs, et c'est un grand travail que d'avoir à renaître tout entier et tout à nouveau de soi-même. D'ailleurs, n'est-ce point là une preuve de l'existence de notre religion que, même en ce pêcheur, elle ait gardé d'assez fortes racines pour épanouir en cette boue la fleur épineuse du repentir. Cela ne devrait-il point porter à réfléchir des impies comme vous en êtes et vous montrer que vous-mêmes, en votre endurcissement, n'êtes point si assurés que vous le pensez contre les coups soudains de la Grâce ?

– Parlez pour monsieur, madame la marquise, – répondit M. Herbou, le partisan, – et non pour moi. On dit en effet que M. de Bréot est esprit fort, ce qui peut bien être, mais ne trouverait-on pas plutôt en lui quelque chose d'un païen que d'un athéiste raisonneur ? Je le soupçonne moins de ne pas croire en Dieu que de vénérer des divinités plus secrètes. Il aime les fables des Poètes et il tire du luth des accents qui doivent flatter l'oreille d'Apollon. N'est-il point dévot aux Démons champêtres et rustiques, aux Naïades et aux Nymphes qui habitent les ruisseaux et les fontaines ? N'est-ce pas, monsieur de Bréot ?

M. de Bréot rougit furtivement sans répondre. Il se demandait si M. Herbou parlait ainsi par hasard et par rencontre ou si ses paroles contenaient quelque allusion à cette Nymphe des Fontaines qui, au jour du Verduron, lui était apparue si belle sous les traits de madame de Blionne. Certes, M. de Bréot n'avait confié rien à personne du sentiment qu'il éprouvait, mais il n'avait pu s'empêcher de questionner les uns et les autres au sujet de madame de Blionne ; il s'était enquis discrètement de son caractère et de ses façons. Peut-être n'avait-il pas assez bien dissimulé l'admiration qu'il ressentait pour tant de grâce et de beauté ? Mais M. Herbou, sans prendre garde à la rougeur et à la rêverie de M. de Bréot, s'adressait maintenant à madame de Preignelay.

– Pour ce qui est de moi, madame, il faut donc que vous renonciez pour de bon à me compter au nombre des impies, car j'accepte, pour ma part, les yeux fermés, toutes les vérités de notre religion. Je n'en réclame d'ailleurs aucun mérite. J'ai à croire en Dieu un intérêt trop certain et trop particulier. Je voudrais bien voir qu'il n'y eût pas une autre vie et je dirais son fait à qui tenterait de me prouver le contraire !

Et M. Herbou fit un signe de menace à l'imprudent, de sa main qu'il avait belle.

– Oui, madame, – continua-t-il fermement et en regardant M. de Bréot, de ses yeux où brillait une flamme malicieuse, – oui, madame, il en est ainsi, et avouez que je serais bien sot de souhaiter qu'il en fût autrement.

M. Herbou se tut encore un peu et reprit d'un air fort convaincu.

– Vous comprendrez aisément mes raisons si vous voulez bien me faire l'honneur de les suivre. Je ne suis pas né, madame, comme vous le voyez, vêtu de bons habits et en état de faire figure, et je ne suis parvenu au point où je suis que par un effort constant et par des soins continuels. Mais encore, où que j'en sois, j'entends bien ne m'en pas tenir là. Est-ce donc tout, madame la marquise, que d'être riche, malgré que beaucoup se contentassent de ce qui me semble le moins où un homme comme moi puisse prétendre ? Non, non ! j'ai certaines petites ambitions que je tiens fort à réaliser, mais, si habilement que je m'y prenne, il n'est pas sûr que j'en vienne à bout, si fermement que je m'exerce à leur succès. Leur échec cependant me serait insupportable, aussi ai-je pris mes mesures en conséquence. J'ai fait du chemin en ce monde, madame la marquise, et je serais désespéré de ne voir au terme d'une si belle route qu'un trou obscur où j'irais m'étendre sans couleur ni mouvement et pour toute l'éternité. Non, morbleu ! non, il ne saurait en être ainsi, et j'ai plus besoin que personne d'un autre monde puisqu'il me servira à achever d'obtenir ce que je n'aurai pu atteindre en celui-ci.

Et M. Herbou prit un air modeste et sérieux.

– Certes, madame, je ne me plaindrai point de la place que j'occupe ici-bas. Elle a de quoi satisfaire quelqu'un qui n'en voudrait que pour son argent. Le mien m'a donné toute la sorte de considération dont il est capable, mais, malgré cela, je sens à mon origine un défaut dont j'observe encore les effets. Si bienveillantes que se montrent à mon égard les personnes de qualité qui veulent bien m'honorer de leurs bontés, elles ne laissent point d'avoir quelque peine à me tenir tout à fait pour l'un des leurs. Quand bien même je vivrais cent ans, je ne parviendrais pas à détruire dans leur esprit l'idée de cette différence qui leur semble d'autant plus importante qu'elle me paraît plus petite. Et c'est là justement, madame la marquise, où Dieu fait si bien mon affaire que je serais un sot de ne pas croire en lui. Quel lieu plus propre que son paradis à mettre une fin à ces inégalités dont je vous parle. Pensez-vous qu'entre ses élus on tienne quelque compte des origines terrestres. Il ne peut régner entre eux que je ne sais quoi de fraternel, comme entre les fils d'un commun père. Aussi, est-ce dans l'autre monde que je donne rendez-vous à ceux de celui-ci qui me marchandent le coup de chapeau ou ne me le rendent qu'avec l'air de dire : « Tiens, voilà ce bon monsieur Herbou, le partisan ! » Qu'ils se dépêchent donc ici-bas, de jouir de leur reste. C'est là-haut que je les attends ! Cette attente ne vous doit-elle pas assurer de ma plus entière obéissance aux ordonnances de la religion, religion, j'ajouterai, madame la marquise, d'autant plus admirable qu'elle fait de notre salut éternel et de notre vie future, non point une chance personnelle ou un privilège particulier, mais une certitude que chacun peut acquérir pourvu qu'il accomplisse certains devoirs dont l'Église nous propose la pratique et dont elle nous garantit l'efficacité immanquable et auxquels je suis attaché, madame, de toute la force de mon intérêt et par l'espoir de ce qui me serait le plus doux.

M. de Bréot n'écoutait pas sans étonnement le discours de M. Herbou, et sans se demander s'il plaisantait ou s'il parlait sérieusement. Il était assez difficile de rien lire sur le visage de M. Herbou. M. Herbou avait la face large, bien taillée dans une chair saine, vigoureuse, régulièrement répartie, et un corps également de proportions bien accordées. M. Herbou, aux environs de cinquante ans, demeurait de belle taille et de belle tournure. Tout en lui paraissait d'une convenance parfaite sans que rien y allât à être remarqué, mais tout ce qu'on y apercevait contentait les yeux sans les avoir attirés. Son vêtement était exactement approprié à ses façons. M. Herbou était riche, mais il ne tenait pas à ce que son habit ni rien dans sa personne en prévînt. Il ne tirait de son argent aucune vanité, mais toutes sortes de commodités, et surtout tout l'agrément possible en meubles, en table et en femmes. Il savait fort bien l'usage de ces choses, ayant appris par expérience combien leur défaut peut être amer et pénible, et il avait fait le nécessaire pour n'avoir plus à s'en passer. On disait même tout bas qu'il n'y serait point arrivé, sans de quoi, vingt fois, être pendu, d'où il se serait sauvé si adroitement et avec tant de bonheur que, de la potence, il ne semblait bien n'avoir gardé que la corde qui, comme on le sait, porte chance. Aussi M. Herbou, en ses bons jours, ne trouvait-il point assez de railleries pour M. le Maréchal de Serpières et les chariots de butin qu'il ramenait avec lui de ses campagnes. Il disait que, pour quelque cent mille écus, il ne valait pas la peine de prendre ouvertement ces airs de pillard et de fripon. Et il ajoutait avec mépris que si lui avait voulu amasser avec si peu de précaution et de délicatesse, il serait plus riche que le Roi.

Pendant que M. de Bréot le regardait au visage, M. Herbou se mit à rire de l'air irrité de madame de Preignelay.

— Tenez, monsieur de Bréot, si vous aimez à lire aux figures, considérez plutôt celle de madame la marquise et vous y verrez qu'elle me juge bien imprudent et bien présomptueux. Ma confiance en Dieu lui paraît aventureuse et elle me pense plus loin du paradis que ce bon monsieur Le Varlon de Verrigny dont elle admire la pénitence en se disant sans doute que je la devrais bien imiter, car elle suppose que, moi qui vous parle, j'en ai fait bien d'autres que notre paillard ! Il est vrai, en effet, qu'au sujet des femmes, pour en rester à celui-là, j'ai bien à ma charge quelques peccadilles dont je ne suis pas trop fier, mais qu'il ne faudrait tout de même pas confondre avec celle qui a conduit le digne monsieur Le Varlon de Verrigny où il est et où il n'y a peut-être pas lieu que je sois.

Madame de Preignelay fit mine de ne pas vouloir entendre ce qui allait suivre.

— Monsieur Le Varlon de Verrigny, — reprit doucement M. Herbou, — a eu tort de satisfaire sur cette petite un désir assez vulgaire et assez grossier et qui ne lui venait que d'une certaine chaleur de corps où les hommes sont enclins. Pour ressentir en soi de pareils mouvements, cela ne nous en dégoûte pas moins quand on en voit chez les autres l'effet brutal et tout cru. Mais supposons qu'à la place de cette sorte de transport cynique monsieur Le Varlon de Verrigny ait ressenti pour cette Annette Courboin, ce que nous appelons de l'amour. En ce cas, rien ne nous paraîtrait si naturel qu'il ait cherché par la force ou par la ruse à en venir à ses fins, car l'amour a ses privilèges et porte en lui l'excuse de ses stratagèmes, par sa particularité de nous rendre indispensable la personne qui est son objet. C'est pourquoi il nous crée des nécessités étranges. Qui songerait à s'offenser de ses redoutables exigences ? Aussi, comme je disais, la ruse et la force mais encore le rapt le plus hardi et les perfidies les plus délicates deviennent, du coup, presque agréés de tous, pourvu qu'ils soient au service de l'amour. Tout le monde est de cet avis, car chacun sait à quelles extrémités de désespoir et de douleur conduit la privation de qui l'on aime ; tellement que, si quelqu'un me disait qu'il éprouve un de ces sentiments irrémédiables je lui conseillerais de ne reculer devant aucun forfait plutôt que de s'exposer à conserver en son cœur un de ces regrets qui font, de n'avoir pas baisé une bouche ou touché un petit endroit de chair, le poison de notre vie et qui corrompt en nous la source même du bonheur.

M. de Bréot, en entendant M. Herbou parler ainsi, rougit encore parce qu'il pensait à madame de Blionne, et il ne se serait peut-être pas aperçu en sa rêverie que le partisan prenait congé de madame de Preignelay si M. Herbou ne se fût adressé à lui en lui disant :

– Et vous, monsieur, venez demain chez moi. Je vous raconterai une histoire qui prouve la vérité de mes paroles et, comme je puis le dire mieux qu'un autre, monsieur, qu'elles sont d'or.

Et, sur ces mots, M. Herbou disparut, laissant M. de Bréot seul avec madame de Preignelay.

– Ah, monsieur, – dit-elle après un moment de silence à M. de Bréot, qui s'apprêtait aussi à se retirer, moins dans la crainte d'être importun que dans le désir de laisser ses pensées suivre une pente qui leur était familière et à laquelle convenait mieux la solitude que la compagnie, – ah, monsieur, comme je vous avertirais, si vous étiez ce que vous devriez être et non pas ce que vous êtes, d'éviter une aussi dangereuse société que celle de monsieur Herbou, mais vous avez pris un parti qu'il faut bien pour vous le faire pardonner toute la façon dont vous jouez du luth. Si vous n'étiez pas un impie vous-même, que je vous recommanderais donc de fuir à cent lieues celui-là ! Car il y a des manières et des raisons de croire en Dieu qui découragent et qui offensent la foi qu'on a également. Et monsieur Herbou est un de ces hommes détestables qui rebuteraient le mieux d'une croyance par l'ennui qu'il y a de la partager avec eux !

Et madame de Preignelay leva les yeux au ciel d'un grand air de découragement. Elle reprit :

– Oui, monsieur, ce monsieur Herbou est tout bonnement un homme épouvantable. Vous avez entendu ses paroles de tout à l'heure. Que dites-vous de cette impudence et de cet acharnement à parvenir qui lui font souhaiter le ciel comme un lieu propre à y continuer ses vues et à y poursuivre ses desseins jusqu'à y obtenir le surplus de ce qu'il n'a pu acquérir en ce monde ? N'est-ce point là user jusqu'à l'abus des promesses de Dieu et détourner indignement de leurs sens véritable les intentions divines ? Et le pire encore, c'est que ce monsieur Herbou est bien capable de ce qu'il dit et de gagner le ciel tout comme un autre et mieux que beaucoup. Oui, monsieur, car monsieur Herbou, à tout prendre, est un bon chrétien. Il se conforme exactement aux principes et aux règles de notre religion. Il va à la messe de sa paroisse et fréquente les sacrements. Il distribue aux pauvres un argent raisonnable. Il ne ménage rien pour assurer son salut et il est assez riche pour en faire faire par d'autres ce qu'il n'est point tout à fait indispensable qu'il en fasse lui même. Ah ! monsieur, que de gens il est en son pouvoir d'intéresser à cette affaire ! Rien ne lui manquera, ni le secours des sacrements, ni les exhortations du clergé, ni les prières des confréries ! et il est homme à en arriver où nous autres aurons tant de peines à parvenir et où nous ne parviendrons pas, moi, sans la miséricorde de Dieu, et vous sans une faveur particulière de sa grâce, que rien, monsieur, ne vous garantit ; tandis qu'un monsieur Herbou aura si bien pris ses mesures que tout se passera pour lui de la façon la plus agréable et la mieux prévue.

Et madame de Preignelay, véritablement en colère, laissa partir M. de Bréot, bien décidé à ne pas manquer à l'invitation que lui avait faite, de le venir voir le lendemain, M. Herbou, le partisan.

V

HISTOIRE DES AMOURS, DE LA MORT ET DES OBSÈQUES SINGULIÈRES DE MADAME LA DUCHESSE DE GRIGNY.

– Je n'ai pas toujours, monsieur, – dit M. Herbou à M. de Bréot, – vécu avec des gens de qualité, et je ne fus connu d'eux que dans un temps où, déjà, il ne me restait de ma première condition que le souvenir qu'elle n'avait pas toujours été égale à la leur ; mais je ne veux point vous rapporter les moyens que j'ai employés à sortir de mon obscurité, encore qu'un pareil récit puisse être de quelque utilité pour un jeune homme qui a son chemin à faire dans le monde. Je ne vous dirai donc rien des degrés qui m'ont conduit du néant où je suis né à l'état où vous me voyez aujourd'hui, pas plus que je n'ai le dessein d'énumérer devant vous les biens que j'ai acquis ni de vous en exposer l'occasion et les circonstances. Ces parades sont la marque d'un esprit vulgaire qui prend un plaisir assez bas à étaler vainement des richesses dont le compte qu'on en peut faire importe moins que l'usage qu'on en fait.

» Vous jugerez, je l'espère, que celui que j'ai fait de la mienne n'est pas trop mauvais, si vous avez, depuis que vous êtes ici, ouvert les yeux sur ce qui vous entoure. Cette maison n'a rien de trop dégoûtant à la vue et je suppose que vous n'en blâmerez pas l'ordonnance, non plus que cette salle où nous avons mangé des mets assez bien apprêtés. Je pourrais maintenant vous offrir de passer dans mon cabinet : il contient quelques bons tableaux ; mais nous nous contenterons de celui que nous offre, par cette fenêtre, le spectacle de ce jardin. Les bosquets y ont leurs premières feuilles, et les fontaines y brillent sous une lune de la plus belle rondeur et du plus bel argent.

M. Herbou fit une pause et s'installa commodément dans le fauteuil où il était assis.

– C'est d'un temps déjà lointain, monsieur, que j'ai à vous entretenir ; mais je ne voudrais pas que vous pensiez que je cherche en mon discours à vous étonner par des contrastes, ni à en tirer des effets de roman. Je ne prétends point rehausser ma richesse actuelle par ma misère ancienne, ni vous présenter la crasse de ces jours d'autrefois dans le but de faire mieux ressortir la dorure de ceux d'aujourd'hui ; mais il est nécessaire, pour l'intelligence de mon histoire, que nous quittions en paroles ces lieux où nous sommes et que vous consentiez à me suivre à ceux où je suis né.

» De cette naissance, je ne vous dirai rien d'autre sinon que, par un empressement qui prouvait déjà en moi une singulière confiance à la destinée, je devançai l'heure où l'on m'attendait. On fut assez surpris de ma venue intempestive pour n'avoir même pas sous la main ces premiers linges où l'on enveloppe d'ordinaire les petits enfants. On me roula dans un lambeau de toile usée, et comme c'était en hiver et qu'il faisait froid, on me couvrit d'un pan de velours de Gênes qui se trouvait là, du plus beau cramoisi et tout tramé de fils d'or. Hélas ! monsieur, il faut que vous voyiez là moins le gage et l'augure de ma fortune future que l'indice du métier qu'exerçait mon père, car le brave homme n'était qu'un pauvre garçon tapissier. Il achevait souvent chez lui du travail qu'on lui donnait et où il se montrait assez habile, de sorte qu'en notre taudis traînaient parfois des morceaux d'étoffes précieuses, comme celle à quoi je dus de réchauffer mes petits membres engourdis.

» Je n'abuserai pas de votre politesse et de votre attention pour vous rapporter d'autres traits de mon enfance : celui-là seul suffira à vous montrer qu'elle fut pauvre et de la plus humble condition. Ainsi donc, je vous passe mes gentillesses de marmot. Elles contribuèrent à ce que mes parents partageassent avec moi, sans trop de déplaisir, le pain qu'ils gagnaient à la sueur de leur front. Quoi qu'il en fût, les nourritures qu'ils m'offrirent me profitèrent si merveilleusement que je devins gros et fort et que je le suis resté durant tout le cours de ma vie. Les commencements en furent ordinaires. J'y échangeai le maillot pour les culottes avec les menus accidents d'usage. J'appris, comme les autres, à me servir de mes mains, de mes jambes et de mes yeux. Enfin, je pus exprimer des pensées. Les miennes étaient naïves et simples et tout à fait selon mon âge. Et ce fut ainsi qu'elles devinrent celles d'un jeune polisson qui menaça bientôt de se tourner en un précoce vaurien.

» C'est vous dire, monsieur, que j'avais alors sept ou huit ans et que j'étais au point où commencent à se former les traits d'un caractère. Je présentais parfaitement la figure du mien. Vous avez dû souvent rencontrer par les rues des garnements qui ressemblent assez à ce que j'étais alors. Ils portent des chausses trouées et du linge rapiécé où ils se sentent le mieux du monde. Tantôt seuls, tantôt par troupes, ils barbotent dans les ruisseaux, lancent des cailloux aux chiens, poursuivent les carrosses et les chaises, importunent les passants et ne fuient que devant la canne levée ou la main haute. Ils sont vraiment le fléau des villes qu'ils encombrent de leurs jeux et infestent de leurs querelles. C'est comme l'un d'eux que vous pouvez justement m'imaginer. Je ne manquais à rien de ce qu'il est de règle qu'on accomplisse en ce temps de la vie, et ma seule différence d'avec mes compagnons était que je faisais déjà mes petites réflexions sur ce qui m'attendait dans l'avenir. Je dois dire qu'elles ne me vinrent pas entièrement de moi-même et que les propos et les projets de mes parents en ce qui me concernait furent l'occasion de celles qui prirent dans mon esprit le plus de force et le plus de consistance.

» Ils ne se gênaient pas, en effet, pour parler devant moi de ce qui les touchait, et encore moins de ce qui avait rapport à mon petit personnage. Ce fut ainsi que j'appris que mon sort présent, qui me convenait assez, était mal assuré. Je regardais comme naturel de trouver, quand je rentrais de mes escapades, la tranche de pain tendre et l'écuelle de soupe chaude : aussi fus-je un peu déconcerté lorsque j'entendis qu'il me faudrait, un jour, mériter cette pitance par autre chose que par des gambades et des jeux. La pensée d'un travail quelconque me parut tout de suite insupportable.

» La profession de mon père et le gain médiocre qu'il en tirait ne m'engageaient guère. Certes, la matière ne m'en déplaisait pas. J'aimais les beaux carrés d'étoffes qu'on lui donnait à façonner. J'admirais leurs trames délicates et fortes, leurs arabesques et leurs fleurs, leurs couleurs et leurs nuances. J'admirais les cordelières tressées habilement de plusieurs brins pareils ou différents, les ganses ou les crépines. Mon père les employait avec beaucoup d'adresse. Il excellait à les disposer et à les faire valoir. Il composait des tentures ou recouvrait des sièges ; mais j'éprouvais du dépit à le voir travailler, assis sur un mauvais escabeau de bois, de ses mains durcies et fatiguées, à ces beaux meubles où il m'eût semblé naturel de se prélasser à l'aise pour en bien sentir la mollesse et le duvet.

» Je m'aperçus bientôt que la plupart des métiers où s'occupaient nos voisins ne leur valaient guère davantage qu'à mon père le sien, et qu'il y en avait en outre de plus pénibles et de plus dangereux. Dans mes longues promenades par les rues, j'observais beaucoup. Je savais les travaux divers où peine et s'exerce le petit peuple. Je connaissais ceux du couvreur et du maçon. Je les distinguais, grimpés sur le toit des maisons, posant la tuile ou l'ardoise, ou, montés sur des échelles, ajustant le moellon ou établissant la brique. La hache du charpentier, la scie du tailleur de pierres, le marteau du forgeron, battant le fer sur l'enclume, me faisaient boucher les oreilles, et mes dents grinçaient aux copeaux qu'arrachait à la planche le rabot du menuisier. Je constatais que toutes ces besognes ne s'accomplissent qu'à coups de reins et qu'à la force des bras, et je n'avais guère envie d'essayer jamais d'aucune d'elles. Par le soupirail, je surprenais également le gindre suant à sa pâte et le boulanger à son fourneau. Mes loisirs de fainéant m'avaient rendu familier le maréchal-ferrant levant la jambe du cheval et roussissant la corne du sabot. Les seaux, en balance à l'épaule du porteur d'eau, y pèsent lourdement ; le charretier s'épuise la gorge à crier après son attelage et se rompt le poignet à faire claquer son fouet. Je supposais bien, cependant, que certains états vous permettent d'aller, le nez au vent, en bons habits, l'air oisif et indifférent, et ne demandent point tant d'efforts ; mais je n'avais là-dessus que des vues assez incertaines, et je comprenais que le temps arriverait bientôt où il faudrait me décider à quitter la rue pour l'atelier, la boutique ou l'échoppe.

» La faiblesse et la bonté inconcevables de mes parents ne me pressaient point trop de prendre un parti. Je grandissais ; mais mes larmes et mes plaintes, chaque fois qu'il s'agissait de mettre un terme à ma paresse, en imposaient, et je continuais à vivre comme auparavant, avec cette différence néanmoins que les guenilles qui me suffisaient jusqu'alors ne me paraissaient plus dignes de moi. Quoique je n'eusse guère soin du mien, je réclamais sans cesse un meilleur habit. Ma mère faisait ce qu'elle pouvait pour me contenter et me tenir propre. Adroite à l'aiguille et aux ciseaux, elle parvenait à me vêtir décemment. J'étais très fier de mes hardes, et il fallait voir de quel œil je considérais les haillons que montraient, sur les marches de l'église, les mendiants de la paroisse. Pourtant, je n'avais pas comme eux la ressource de me suffire à moi-même en tendant la main à l'aumône, ce qui est, après tout, une industrie et l'équivalent d'un métier. Le croiriez-vous, monsieur, que je devenais vain et que le spectacle du petit peuple ne laissait pas de m'importuner ? Les beaux seigneurs et les belles dames plaisaient davantage à mes yeux, qui étaient bons et ne perdaient aucun détail d'ajustement et de visages.

» C'est en ce temps-là que je commençai aussi à remarquer la beauté des femmes. L'éclat de leur teint, la fraîcheur de leur peau ou la grâce de toute leur personne me ravissait déjà. Quelque chose d'indéfinissable se répandait en moi à leur rencontre. J'avais treize ans, et il eût tout de même été préférable que je m'occupasse autrement qu'à paresser et à courir les rues, tandis que ma mère peinait au logis et que mon père besognait sans repos ; mais j'aime mieux vous avouer que cette obligation ne m'entrait guère dans l'esprit et que, si elle s'y insinuait parfois, elle n'y séjournait pas longtemps. La vérité est que je demeurais le moins possible auprès de mes parents et que je préférais passer mes journées dehors à me divertir à ma façon.

» Il y avait, non loin de l'endroit où nous habitions, un assez grand enclos abandonné. L'herbe y croissait en désordre autour de quelques vieux arbres qui avaient été autrefois les ombrages d'un jardin. Il en restait même quelques débris de fontaines dont l'eau s'écoulait à sa guise. Je venais souvent me réfugier en ce désert. Le mur qui le fermait montrait des brèches dont j'étais habile à profiter. Je me glissais volontiers dans cette retraite, sûr d'y trouver de la solitude et de la fraîcheur. Je m'y étendais sur l'herbe et quelquefois j'y dormais. Personne ne s'avisait de m'y déranger. Je considérais ce lieu comme à moi et il me semblait si propre à ce que j'en faisais que je ne lui imaginais pas d'autre usage. J'aurais été fort indigné si quelqu'un fût venu m'y troubler.

» Donc, un jour d'été que j'avais rôdé selon mon habitude et consacré une bonne partie de l'après-midi au défilé des carrosses sur le Cours, je me rendis à ma place favorite.

» La beauté des chevaux, la galanterie des ajustements et la diversité du spectacle de tant de gens qui s'assemblent là pour se montrer et ne négligent rien pour y paraître à leur avantage, m'avaient fait oublier le morceau de pain que je gardais dans ma poche pour mon goûter. Une fois arrivé dans l'enclos, je tirai donc ma croûte et me mis à manger avec appétit en l'arrosant de l'eau de la fontaine. Je fus si content de ce petit repas que, le soir approchant, je me déterminai à ne pas rentrer à la maison. Tout ce que j'avais vu durant la journée m'entretenait dans la rêverie la plus agréable, tellement que je me couchai sur le dos pour jouir de ce qu'elle m'offrait à l'esprit. L'air était suave et tiède et le ciel tout étoilé à travers les arbres qui frissonnaient d'un léger vent. Je l'écoutais bruire parmi les feuilles, quand je m'aperçus qu'il s'y mêlait un son de musique qui, bientôt, occupa seul mes oreilles. Que vous dirai-je, monsieur ? Je me sentis, à l'entendre, les yeux pleins de larmes. Elles y montaient avec force et douceur et je ne cherchais pas à les retenir.

» Je fusse resté là toute la nuit, si un pas ne m'eût fait tressaillir : il y avait quelqu'un avec moi d'entré dans l'enclos. J'eus grand'peur ! et je sautai sur mes pieds, juste à temps pour ne pas entraver de mon corps étendu le promeneur en face de qui je me trouvai tout à coup et que ma présence soudaine fit reculer, comme si elle l'eût troublé tout autant que la sienne m'avait causé de surprise. L'importun était un petit homme assez gros, vêtu de noir, et qui tenait à la main une flûte. Ma taille le rassura et il s'enquit aussitôt, avec beaucoup de politesse, de ce que je faisais, à cette heure, dans ce lieu abandonné. Quant à lui, il y venait souvent jouer de la flûte au clair de lune et y méditer son art au silence de la nuit. Il appréciait mieux là qu'ailleurs la justesse de son souffle... Ayant ainsi parlé, il s'assit sans façon dans l'herbe et fit chanter son bois. Je sentis de nouveau des larmes emplir mes yeux. Il remarqua mes soupirs et, s'interrompant, m'en demanda la raison. Je lui dis qu'ils n'en avaient pas d'autres que le son de la flûte. Il parut fort content de ma réponse et me posa plusieurs questions ; après quoi, il voulut savoir mon nom, mon âge et mes parents et s'il me serait agréable d'apprendre à jouer comme lui des airs. Il ajouta qu'il avait justement besoin d'un apprenti ; qu'il participait à une compagnie de musiciens qui donnaient le concert quand on les en priait ; que, si je prouvais quelques dispositions, il se faisait fort d'en tirer parti, et que je serais vite en état de lui rendre service. Il termina en me déclarant qu'il s'appelait maître Jean Pucelard et qu'il habitait aux Trois-Degrés. Et ce fut ainsi, monsieur, que je sortis de cet enclos avec maître Pucelard, qui m'avait confié sa flûte à porter et je la portais, vous pouvez m'en croire, comme si elle eût été toute en or.

» Ce Pucelard était un excellent petit homme. Sa flûte aux doigts, il devenait le plus sérieux du monde et jouait, les yeux baissés, avec beaucoup de gravité ; mais, une fois l'instrument dans son étui, il se montrait volontiers guilleret et facétieux et s'égayait aisément. J'allais chaque matin à ses leçons, avec une ardeur incroyable. Dès les premières, il voulut bien se dire content de moi. Il me promit que, si je lui continuais mon assiduité, je pourrais parvenir, non point à l'égaler, mais à ne pas faire trop de honte à un maître tel que lui. La vérité est que mes progrès furent rapides et qu'au bout d'assez peu de temps, non seulement je sus lire la note et connaître les clés, mais je fus capable d'exécuter convenablement ma partie dans la petite troupe de musique que maître Pucelard menait avec lui chez les gens pour amuser leurs repas d'airs variés ou faire danser ceux qui aiment ce divertissement.

» Ces occupations ne suffisaient pas à mon zèle. Je cherchais sans cesse à me perfectionner seul en mon métier. Ces efforts me valaient l'admiration de mon père et de ma mère. Ils ne se lassaient pas de m'écouter. Ma mère joignait les mains en remerciant Dieu d'un tel fils, et mon père hochait la tête de plaisir, en s'arrêtant un moment de tendre l'étoffe et de poser le galon. Ce fut bien mieux encore lorsque je rapportai quelque argent à la maison. Maître Pucelard me le donnait, quand il était satisfait de moi, ce qui arrivait assez souvent. Mes parents commençaient pour de bon à se louer de ne m'avoir imposé aucun des métiers pour lesquels j'avais témoigné si peu de goût, puisque j'en avais, par moi-même, choisi un aussi honorable qu'avantageux. On cessa de me désigner dans le quartier comme un paresseux et un propre à rien, et je devins, aux yeux des voisins, une manière de prodige. J'étais fier de ma nouvelle condition et je tranchais déjà de l'important, si bien que, lorsque je passais, ma flûte sous le bras, devant l'église de notre paroisse, je ne manquais pas de laisser tomber quelque monnaie dans la sébile des mendiants accroupis sur les marches. D'ailleurs, je les connaissais par leur nom et ils me saluaient de loin par le mien pour mieux attirer mon aumône, car ces gens-là savent fort bien qu'il y a plaisir à être distingué du commun et que le nom que l'on porte semble prendre quelque mérite à nos oreilles d'être répété par autrui et de courir de bouche en bouche, fussent-elles des gueules affamées au lieu du gosier sonore de la Renommée.

» Cependant, monsieur Pucelard, mon maître, me continuait ses leçons. Il m'enseignait, un à un, tous les secrets de son art. Un soir, nous avions formé le projet d'aller nous exercer dans l'enclos que je vous ai dit. Nous nous promettions beaucoup de plaisir à nous répondre alternativement sous la lune ; mais, quand nous arrivâmes à l'endroit, quelle ne fut pas notre surprise de le trouver tout bouleversé ! Un grand nombre des arbres avaient été abattus. Une partie du terrain était remuée de tranchées. Notre solitude avait été gâtée et détruite, et nous dûmes nous en revenir fort désappointés.

» Le lendemain, mon premier soin fut de m'enquérir des causes de ce changement. Ma demande fit beaucoup rire et l'on s'étonna fort que j'ignorasse que monsieur le duc de Grigny, à qui appartenait cette place, se fût mis en tête d'y faire bâtir. Les travaux commencés, monsieur le duc ordonnait même de les pousser avec la dernière activité. Cette ignorance vous marquera mieux qu'aucun discours à quel point mes études de musique me tenaient à l'écart de tout et combien j'avais l'oreille plus attentive aux sons de ma flûte qu'aux paroles où se colporte le bruit de ce qui se fait.

» Il pourrait vous sembler, monsieur, que la nouvelle de cette bâtisse eût dû m'être assez indifférente et sans guère de quoi m'intéresser plus qu'un instant ; cependant, il n'en fut pas ainsi. J'y repensai assez souvent et il ne s'écoula pas de jour où je ne passasse par cet endroit. Tantôt il était sur mon chemin, tantôt je me détournais de ma route, conduit par une curiosité que je ne cherchais pas à m'expliquer et qui m'arrêtait longuement à considérer les travaux. Leur promptitude avait de quoi étonner. Monsieur le duc de Grigny devait être un seigneur fort obéi et que le mieux était de satisfaire, car les maçons et les charpentiers ne ménageaient point leurs peines. Aussi l'ouvrage avançait-il, pour ainsi dire, à vue d'œil. L'hôtel de monsieur le duc de Grigny s'annonçait comme fort beau et digne en tout point d'un si grand personnage. Monsieur le duc de Grigny venait lui-même s'assurer que l'on se conformait exactement à ses desseins. Ce fut ainsi que je le vis, un jour, descendre de son carrosse. C'était un homme entre deux âges, sanguin et robuste. Il ne craignait pas d'enjamber les poutres et les plâtras et de se rendre compte de tout. Je l'entendais de loin parler haut et il fallut qu'il remontât dans son carrosse pour que je me décidasse à rentrer à la maison.

» Je ne cessais point d'être content de mon sort et de suivre mon maître, monsieur Pucelard, partout où il lui plaisait de me mener avec lui. Il y eut, cette année-là, beaucoup de repas où nous fûmes appelés à réjouir les convives du son de nos instruments. Notre petite troupe exécutait fort bien les airs que maître Pucelard choisissait avec un goût délicat ou composait avec un génie admirable. Il savait les approprier à la nourriture qu'on servait. Il en avait pour les potages, pour les entrées, pour les rôtis, pour les desserts, qui y convenaient parfaitement bien. Ces derniers surtout étaient particulièrement réussis et ce devait être un plaisir véritable que de croquer quelque fine pâtisserie ou d'avaler quelque tarte parfumée, en mesure avec notre harmonie. J'y faisais ma partie avec beaucoup d'application, sans me laisser distraire par le rire des convives ou le bruit des vaisselles ou des verreries heurtées. Quelquefois, pourtant, j'avais un instant de trouble et mon souffle devenait moins juste, si quelque visage de femme se retournait vers moi ou si deux voisines se parlaient à l'oreille en me regardant. Il y avait souvent là de jolies figures et que le vin rendaient hardies. Elles m'examinaient avec bonté, car, à quinze ans, j'avais la mine fraîche ; mais un coup d'œil sévère de monsieur Pucelard me rappelait au soin de bien triller et de ne pas manquer la reprise.

» Hors le concert, maître Pucelard était fort commode et j'ai dit qu'il s'égayait volontiers. Souvent il m'engageait à me divertir et, persuadé que la musique porte à la volupté, il s'étonnait que je fusse si raisonnable. Cette réserve même le disposait à penser moins bien de moi qu'il n'en avait préjugé tout d'abord. Il avait cru à plus de feu de ma part : aussi me disait-il quelquefois que je ferais bien de m'en tenir où j'étais et de ne me point risquer à la composition, pour laquelle il faut une chaleur d'esprit et une étincelle d'invention qu'il craignait bien que je n'eusse pas.

» Je méditais sur ces propos en m'en revenant un soir au logis. J'aimais assez à me promener par le silence des rues obscures et désertes et il était rare que je regagnasse mon gîte sans m'être arrêté devant l'hôtel de monsieur le duc de Grigny. Il était achevé depuis quelques semaines, sans que personne encore l'habitât. J'en admirais la haute façade noire. La veille encore, j'étais resté un bon moment à considérer les colonnes du portail : il donnait sur une place carrée, de manière qu'on pût prendre du champ pour mieux juger de l'effet, et j'avais été ravi des belles ombres qui se dessinaient sur le pavé à cause d'un croissant de lune claire qui s'écornait à la toiture. Mais, le soir dont je vous parle, le ciel était si couvert et la nuit si sombre que, tout en marchant, je regrettais celle d'hier. J'allais ainsi, la tête basse, quand, au détour d'une ruelle, un spectacle inattendu me fit lever les yeux.

» Les fenêtres de l'hôtel de Grigny étaient toutes illuminées et la place éclairée de torches que haussaient des laquais en livrée. Ils escortaient un carrosse tout doré, dont les chevaux allaient franchir le portail, lorsque je ne sais quoi les effraya et les fit reculer brusquement. Les fortes bêtes presque cabrées semblaient avoir grand'peur. Elles refusaient d'avancer. Les laquais s'agitaient avec leurs torches si bien que la portière s'ouvrit et que j'en vis sauter à terre un personnage que je reconnus aussitôt pour être monsieur le duc de Grigny, qui se retourna pour tendre le poing à une dame et l'aider à quitter le dangereux carrosse. Elle portait un long manteau et un masque de velours, qu'elle ôta de son visage dès qu'elle eut assuré sur le sol ses hauts talons, ce qu'elle fit avec beaucoup d'aisance et de liberté ; après quoi, elle regarda autour d'elle.

» Ah ! monsieur, imaginez un visage frais et presque enfantin, de l'ovale le plus délicieux, une bouche charmante et de l'incarnat le plus riche, des cheveux de l'or le plus fin ! Elle était vêtue d'une robe de soie argentée, toute peinte de fleurs et de rameaux, et elle tenait une grosse rose rouge qui paraissait saigner à la lueur des torches. Cependant, monsieur le duc de Grigny avait de nouveau offert sa main à madame la duchesse, et, laissant là le carrosse dont les chevaux se démenaient furieusement, ils se dirigèrent vers le portail que monsieur le duc montrait du geste à sa femme comme pour lui en faire les honneurs, et disparurent à ma vue.

» Je demeurai à l'endroit où je me trouvais, stupide, hébété. Quand je revins à moi, la place était vide. Le carrosse n'était plus là. Il ne restait que deux torches qui achevaient de brûler dans les anneaux de fer où on les avait fichées, de chaque côté de la porte refermée. Je m'approchai. La rose que madame la duchesse tenait à la main avait perdu quelques-uns de ses pétales rouges qui semblaient tacher d'un sang fleuri la dalle nue et silencieuse.

M. Herbou s'arrêta un instant. Sa large face était comme illuminée au reflet de ces torches anciennes, et toute éclairée de ce souvenir d'autrefois. Il soupira profondément, comme quelqu'un à qui le souffle manque d'avoir couru, loin et d'un trait, au fond du passé, et il reprit en ces termes :

– Ce fut une histoire singulière, monsieur, que celle du mariage de monsieur le duc de Grigny avec mademoiselle de Barandin. Elle était fort jeune quand monsieur le duc la remarqua pour s'en déclarer à première vue éperdument amoureux. Lui-même n'était ni vieux ni mal fait, et puissamment riche : aussi, dès qu'il découvrit aux parents de mademoiselle de Barandin son projet d'épouser leur fille, ceux-ci furent-ils éblouis d'une alliance si démesurée. Quelle ne fut donc pas leur surprise quand ils lui annoncèrent cet événement, de la voir, au lieu de battre les mains, devenir extrêmement pâle et tomber en faiblesse ! Ils crurent d'abord que cette défaillance ne marquait qu'un excès de joie, mais ils durent bientôt en rabattre, lorsque cette demoiselle leur avoua qu'elle aimait secrètement un jeune gentilhomme de leur connaissance, qui s'appelait monsieur de Cérac, et qu'ils s'étaient donné leur foi. Ce monsieur de Cérac avait ses terres auprès de celles de monsieur de Barandin et elles n'étaient grandes ni les unes ni les autres. Monsieur de Barandin possédait là un vieux château délabré et proche de celui, guère meilleur, qu'habitait la famille de monsieur de Cérac. Monsieur de Barandin avait, depuis quelques années, quitté ce séjour peu propice à autre chose qu'à s'y enterrer dans l'oubli et était venu se pousser à la cour. Ce fut là que sa fille avait retrouvé le jeune monsieur de Cérac, avec qui elle avait joué étant petite, et qui, lui aussi, cherchait fortune à Paris. Il n'y avait point rencontré cette déesse capricieuse, mais une autre divinité lui était apparue sous les traits de mademoiselle de Barandin.

» Mademoiselle de Barandin n'avait pas osé déclarer son amour à cause de la pauvreté de monsieur de Cérac. Ils attendaient pour cela quelque occasion favorable. La demande de monsieur le duc de Grigny en fut une qui ne leur laissa pas le choix.

» Il y avait peu de chances que les parents de mademoiselle de Barandin sacrifiassent monsieur de Grigny à monsieur de Cérac ; mais elle obtint d'eux, à force de larmes et prières, que monsieur le duc de Grigny fût averti de l'état de son cœur, à quoi monsieur et madame de Barandin eurent peine à consentir, mais sur quoi mademoiselle de Barandin comptait beaucoup pour décourager monsieur de Grigny de son amour pour elle, par la pensée que ce sentiment ne pouvait être partagé d'une personne qui avouait si franchement et si haut qu'elle aimait ailleurs. Monsieur de Grigny apprit la chose sans s'émouvoir et fit dire à mademoiselle de Barandin qu'il ne renonçait nullement à elle et qu'il ferait ce qu'il faudrait pour le lui prouver. Il le fit, en effet, à sa façon. Ayant accosté peu après monsieur de Cérac, au jeu de paume, il se prit de querelle avec lui et tous deux allèrent sur le pré. Le combat eut lieu justement dans cet enclos abandonné qui appartenait à monsieur de Grigny. La lutte fut acharnée de part et d'autre et les adversaires montrèrent une animation et un courage peu communs. Monsieur de Grigny y fut fort blessé et monsieur de Cérac tué.

» La conduite de mademoiselle de Barandin fut plus qu'étrange en cette circonstance. Elle écouta, sans aucun signe d'émotion que la plus complète pâleur, le récit de la mort de monsieur de Cérac et se contenta de demander si le combat avait été régulier. On lui assura que tout s'y était passé selon l'usage. À cette réponse, elle garda le silence assez longtemps, puis elle déclara avec le plus grand calme que, la volonté de Dieu s'étant manifestée au sujet de monsieur de Cérac, elle ne s'opposerait point à ce que cette même volonté s'accomplît au sujet de monsieur le duc de Grigny et qu'elle l'épouserait, lorsqu'on voudrait.

» Cette résolution causa beaucoup de surprise à ceux qui furent au courant de cette affaire. On en conclut à la singularité du cœur des femmes. Les plus sensés pensèrent que, si mademoiselle de Barandin n'était pas insensible, comme elle le paraissait, au trépas de monsieur de Cérac, elle était sensible à ce que monsieur de Grigny y eût hasardé sa vie. Elle témoignait ainsi d'aimer davantage l'amour même que ses amants et se montrait plus fidèle au goût qu'elle semblait avoir d'être aimée qu'au sort de celui qu'elle aimait. Il y eut également des gens pour dire que mademoiselle de Barandin était simplement raisonnable, et qu'elle faisait ouvertement ce que d'autres eussent mis des détours à rendre moins choquant, et qu'il fallait lui compter cette franchise, et que, du reste, elle avait prouvé à monsieur de Cérac beaucoup de délicatesse en le préférant, tout pauvre qu'il fût, à monsieur de Grigny, et qu'enfin il avait eu en son vivant une assez belle marque d'amour pour que, mort, il n'eût rien à lui reprocher.

» Monsieur de Grigny fut très heureux d'apprendre les dispositions de mademoiselle de Barandin à son égard. Il maudissait sa blessure qui l'empêchait de voler aux genoux de sa belle. Il ne songeait pas une minute qu'elle pût lui conserver au fond du cœur, aucun ressentiment de la mort de monsieur de Cérac. N'était-il pas là, lui, pour le remplacer auprès d'elle ? D'ailleurs, monsieur de Grigny était si persuadé de son mérite et de sa naissance qu'il ne douta pas que l'honneur d'avoir été par lui distinguée ne fît oublier à mademoiselle de Barandin le petit désagrément qu'elle lui avait dû : le bonheur d'être duchesse vaut bien qu'on vous fasse renoncer, même de force, à la mince destinée d'être la femme d'un simple gentilhomme. Et ce fut ainsi qu'à l'autel mademoiselle de Barandin reçut l'anneau nuptial de cette même main qui avait si lestement expédié le jeune monsieur de Cérac.

» Quoique ce mariage eût été précédé des événements que je viens de vous dire et qui le rendaient quelque chose d'assez singulier, monsieur de Grigny ne sembla pas avoir à s'en repentir. Il avait d'ailleurs toutes sortes de raisons d'être content de sa femme, d'abord parce qu'elle était belle, ensuite parce qu'elle se révéla la plus parfaite des épouses.

» Il fallait l'être, car monsieur le duc de Grigny, qui, jusque-là, malgré sa richesse, ne passait pas pour généreux, se départit assez vite de sa lésinerie habituelle envers madame la duchesse. Non seulement il ne lui refusait rien de ce dont elle pouvait avoir besoin pour son ajustement et sa parure, mais encore il était le premier à l'engager à ne rien dissimuler de ce qu'elle pouvait désirer pour se rendre la plus exquise et la plus raffinée qui se pût voir. Il applaudissait à toutes les dépenses qu'elle inventait et la comblait des présents les plus coûteux. Rien de trop cher pour elle, ni les robes les plus fastueuses, ni les bijoux les plus étincelants. Il est vrai qu'elle en rehaussait encore le prix par la grâce de son visage et de toute sa personne. Ces recherches ajoutaient à sa beauté, et elle avait une façon d'embellir ce qu'elle portait qui lui était propre et qui n'était qu'à elle. Feu monsieur de Cérac n'eût pas reconnu dans cette grande dame aux atours somptueux l'humble demoiselle dont il avait disputé la main à monsieur le duc de Grigny.

» Fut-ce sur le désir de sa femme ou par galanterie pour elle, monsieur de Grigny annonça bientôt qu'il se trouvait trop à l'étroit dans l'hôtel qu'ils habitaient près de l'Arsenal, et il manifesta l'intention de s'en faire construire un plus agréable et plus commode. On sut, peu de temps après, qu'il se décidait à bâtir quelque chose qui fût digne en tout point de la triomphante personne qui mettait dans sa maison tant d'éclat et de bonheur. L'emplacement de cette nouvelle demeure fut vite choisi. Monsieur le duc de Grigny possédait justement un terrain fort vaste et très propre à ce qu'il voulait : celui même où avait été tué le pauvre monsieur de Cérac. Le projet de monsieur de Grigny s'exécuta rapidement, et ce fut comme je vous l'ai dit que je l'aperçus, un soir, descendant de son carrosse avec madame la duchesse, et que je les vis sous le portail, à la lueur des torches, y entrer pour la première fois.

M. de Bréot commençait à s'intéresser très vivement au récit de M. Herbou.

— À partir de ce soir-là, monsieur, cet hôtel de Grigny devint, si je puis parler ainsi, le centre de ma vie et le lieu de mes pensées. Les rues que je suivais y ramenaient insensiblement mes pas. Je ne pouvais regarder son portail sans que mon cœur se mît à battre. Il ne se passait plus un jour que je ne vinsse le contempler. Ce n'était plus, comme auparavant, par une sorte de curiosité incertaine, mais par une force irrésistible. Quelquefois, quand j'étais à étudier ma flûte dans mon galetas, le souffle me manquait brusquement et mes doigts engourdis s'appesantissaient sur le bois. À ces moments, une sorte de démon s'emparait de moi. Je laissais la cadence interrompue et je courais, d'un trait, à l'hôtel de Grigny. Parfois la même folie me prenait quand j'étais occupé à seconder maître Pucelard, et il fallait tout le respect que je devais à mon maître pour m'empêcher de le planter là et de m'enfuir où je vous ai dit. Aussi par cette occupation maladive qui me tenait l'esprit, les progrès que je faisais dans mon art s'arrêtèrent-ils court. Monsieur Pucelard déplorait cette distraction où j'étais, sans en deviner les causes. Souvent il parlait amèrement de ces fausses dispositions à bien faire que l'on découvre chez les jeunes gens et qui ne sont qu'un espoir vain et trop prompt à se démentir. Mais, comme il était fort poli, il ne s'exprimait guère que par des détours dont je comprenais fort bien le sens et auxquels je ne répondais rien.

» Il suffisait de la vue de l'hôtel de Grigny pour dissiper toute ma honte et chasser tous mes regrets. Il m'apparaissait comme un lieu extraordinaire. J'éprouvais une sorte d'envie pour les gens que j'y voyais entrer et que j'en voyais sortir. Les uns et les autres me semblaient parés de je ne sais quoi qui les plaçait à part entre tous les mortels. La troupe de ces privilégiés était considérable, car monsieur le duc et madame la duchesse de Grigny étaient servis par un domestique assez nombreux et visités d'assez de monde. Beaucoup de carrosses se rangeaient à la porte. Il en descendait des dames et des seigneurs superbement vêtus ; mais c'était moins, je le dois dire, pour m'amuser de ce mouvement que je me postais aux abords de l'hôtel de Grigny que dans l'espoir d'un autre événement, dont l'idée seule me causait une extrême agitation.

» Madame la duchesse de Grigny sortait parfois de chez elle pour aller rendre les visites reçues, tantôt seule, tantôt accompagnée de son mari. Elle emplissait tout le carrosse du rayonnement et de la lueur de sa beauté. Ah ! monsieur, quel miracle que je n'aie pas été plus de vingt fois renversé par les chevaux ou écrasé par les roues, tant ma surprise et mon hébétement me rendaient incapable de les éviter ! Je demeurais immobile, les yeux fixés sur ce visage admirable, et, longtemps encore après qu'il avait disparu, j'en restais comme ébloui et transporté. J'arrivai ainsi à en connaître tout le détail. Je savais la couleur juste de sa bouche, le grain de sa peau, et, chaque fois, ce spectacle délicieux me ravissait davantage.

» Je menais ainsi la vie en même temps la plus agitée et la plus monotone. Mes jours ne se distinguaient les uns des autres que selon que j'avais aperçu madame la duchesse de Grigny ou que j'avais été privé de ce bonheur. Tout le reste ne formait qu'un espace confus où j'agissais par habitude, sans songer à ce que je faisais. Un pareil état aurait pu durer indéfiniment. Tout un hiver, posté où je vous ai dit, rien ne me rebuta dans cette étrange folie, ni les boues, ni les glaces, ni la neige. Il fallait toute la force de ma santé pour que je ne laissasse pas mes os dans ces attentes qui en gelaient les moelles et où je m'obstinais sans que rien m'en pût détourner.

» J'avais fini par remarquer que depuis plusieurs semaines madame la duchesse sortait le plus souvent seule dans son carrosse. La beauté de son visage était toujours pareille, mais l'air en avait je ne sais quoi de différent. Ce n'était plus ce maintien timide et modeste par où elle paraissait si charmante. À présent, ses yeux se levaient et regardaient autour d'eux avec quelque hauteur et de la hardiesse. Je ne cherchais pas à interpréter ce changement et je me contentais d'en admirer la nouveauté, quand j'en appris par hasard la raison, et d'une manière qui mérite d'être rapportée.

» Monsieur Pucelard, mon maître, fut appelé, un jour, chez monsieur de Bertonnières qui traitait quelques amis et qui voulait égayer le repas par un accompagnement de musique. Maître Pucelard m'avertit qu'il aurait besoin de moi et me recommanda d'éviter ces distractions qui m'étaient habituelles et dont il se plaignait. Je lui promis donc d'être attentif et de tenir ma partie avec plus de sûreté que de coutume. Tout alla bien, et nous fîmes de notre mieux, si bien qu'on parut fort content de nous. Comme nous nous reposions un moment et que je voulais m'empêcher de tomber en rêverie, j'écoutais ce qui se disait autour de nous. Un des convives nommait madame la duchesse de Grigny. En un instant, la conversation fut générale sur elle. J'étais tout oreilles et je ne perdais pas un mot, car ces messieurs parlaient haut : madame la duchesse de Grigny était loin des premiers temps de son mariage où elle se montrait le modèle des épouses... Et les rires qui accueillaient ces propos prouvaient, sinon leur vérité, du moins qu'il n'y avait personne qu'ils étonnassent assez pour qu'il en soutînt la fausseté. Il fallait qu'ils fussent bien répandus pour qu'on les avançât si ouvertement.

» Les désordres de madame de Grigny étaient donc si publics qu'on s'en entretînt ainsi ! Monsieur le duc de Grigny les ignorait et il ne se marquait aucunement jaloux de sa femme. Au contraire, il avait accepté depuis peu une nouvelle charge à la cour, ce qui le gardait souvent loin de chez lui... Et la confiance de monsieur de Grigny redoublait les rires de ces messieurs !

» Oui, monsieur, voici ce que j'entendais soudain : madame de Grigny faisait l'amour avec qui voulait !... J'étouffais ! Il me montait au visage une rougeur de colère et de honte, à de pareilles calomnies : – car c'était le nom que prenait dans mon esprit ce que je venais d'ouïr et qui me semblait un monstrueux outrage dont j'aurais voulu punir ceux qui le proféraient. Je fus sur le point de m'élancer à la gorge des menteurs. Et cela eût été beau, monsieur, qu'un petit musicien de mon espèce courût sus à ces gentilshommes et leur sautât au visage ! Pensez de quel divertissement eût été ce défenseur de renommées et ce nouveau champion ! Il n'en fut rien, monsieur, tant il est vrai que le monde nous habitue assez tôt à ne point être ce que nous voudrions. Au lieu d'un vengeur de vertu que je sentais bouillonner en moi, je ne trouvai à montrer à tous que le docile clerc de monsieur Pucelard, qui, à un signe de son maître, reprit sa flûte pour en tirer des sons justes à l'aide d'un souffle encore agité de l'émotion que j'avais éprouvée et qui me faisait battre le cœur avec tant de violence que j'en sentais les coups par-dessus mon habit.

» Cette soirée, monsieur, me laissa en un sentiment singulier : j'en emportai une vive horreur de la méchanceté des hommes, et ceux qui insultaient ainsi une personne qui me paraissait, à moi, une sorte de divinité, me semblaient pires que tout ce que j'aurais pu jamais imaginer. Certes leurs vains propos n'avaient pas de quoi détruire en mon esprit l'idée que je me faisais de madame la duchesse de Grigny. Ne suffisait-il point de la voir passer dans son carrosse pour être certain de sa vertu ? Cette hardiesse même qui se remarquait à son visage n'était que l'expression de la hauteur de son dédain pour des accusations dont elle savait sans doute toute la bassesse. Ainsi, tout contribuait à me maintenir dans le respect et l'admiration que je vouais à cette dame, et cependant, monsieur, vous le dirai-je, quelque chose était changé dans mes pensées.

» Parmi celles où je me plaisais le plus au sujet de madame la duchesse, et qui toutes étaient d'admiration et de respect, il s'en glissait certaines autres sur lesquelles je n'étais guère rassuré et qui me troublaient. Elles étaient soudaines et involontaires, et je pouvais d'autant moins les prévenir et les éloigner qu'elles empruntaient la forme d'images vives et séduisantes. J'avais souvent observé le visage de madame la duchesse et cette vue réjouissait mes yeux, sans qu'ils s'imaginassent toutefois rien de plus que ce qu'ils voyaient à découvert. Il n'en fut pas de même après les paroles insolentes que j'avais entendu prononcer. Elles agirent à mon insu sur mon esprit. Je commençai à songer peu à peu et malgré moi que les nobles atours de madame la duchesse dérobaient un corps semblable à celui de toutes les femmes. Tout d'abord, cette pensée ne se présenta qu'incertaine et fugitive et je ne m'y arrêtai que le temps de la chasser, mais ses retours furent si fréquents que je ne tardai pas à me familiariser avec ce qu'elle avait d'audacieux et de hardi. Je ne l'évitais plus, comme je l'aurais dû. Au contraire, j'y revins de moi-même jusqu'à m'y attacher minutieusement. Une fois là, j'allai plus loin. Quoi ! cette belle dame avait un corps comme une autre, et ce corps ne servait pas seulement à supporter les étoffes dont il apparaissait vêtu. Elle l'employait à des pratiques que je ne connaissais que par ouï-dire, sans savoir exactement en quoi elles consistaient ; je n'en étais pas moins assuré qu'il y avait des gens à qui madame la duchesse permettait des libertés dont la moindre m'eût semblé prodigieuse. Sa bouche s'offrait aux baisers. Ils touchaient ses épaules et sa gorge. Elle les souffrait et y répondait. Je n'ignorais pas tout de même que c'est là qu'on en vient avec les femmes, et cette idée me bouleversait à un point que je ne saurais dire ; mais ce que vous devinerez aisément, c'est que ces réflexions échauffaient étrangement ma jeunesse en même temps qu'elles alarmaient fort ma délicatesse : car, si tantôt je m'y abandonnais avec délices, tantôt je me les reprochais avec horreur. Je me détestais d'avoir cédé un instant aux perfides conseils de la calomnie. Tout ce qui se disait de madame la duchesse n'était-il pas faux ou mensonger ? Et celle que j'imaginais tout à l'heure avec une familiarité incroyable reprenait tout à coup sa distance et m'apparaissait de nouveau ce qu'elle n'aurait dû jamais cesser de me paraître, une des plus vertueuses dames du royaume.

» Cependant, monsieur, malgré mes raisonnements, mes agitations redoublaient. Je dormais mal et je perdais l'appétit. Je passais tout le temps que je pouvais soustraire à mon métier à errer aux abords de l'hôtel de Grigny. Le jour ne me suffisait pas et je donnais à cette belle occupation une partie de mes nuits. J'épiais les fenêtres éteintes ou illuminées ; je guettais les entrées et les sorties. Je dois dire que je ne remarquai rien d'insolite et qui pût confirmer ce qui se répétait ouvertement jusque parmi le peuple : que madame la duchesse recevait chez elle ses amants, et qu'ils étaient nombreux et renouvelés. Ces récits me tourmentaient. J'aurais voulu, de mes yeux, percer les murs épais de l'hôtel. Je songeai à m'y introduire sous un prétexte quelconque. Ce projet était une de mes chimères préférées. J'inventais mille stratagèmes, dont pas un n'était possible. Je vivais dans une fièvre et une distraction continuelles.

» Si aveugle que je fusse, il me fallut tout de même bien m'apercevoir, à la longue, que mon extravagance indisposait à mon égard monsieur Pucelard et que sa façon de se comporter avec moi s'en ressentait. Depuis le soir de notre rencontre au clair de lune dans l'enclos où s'élevait aujourd'hui l'hôtel de Grigny, il m'avait prodigué le plus vif et le plus constant intérêt, et je lui devais beaucoup. C'est lui qui m'avait mis une flûte aux doigts et m'en avait enseigné l'usage. Dès que j'avais pu m'en servir convenablement, il m'avait reçu en sa compagnie et fourni par là même les moyens de gagner ma vie ; mais, à présent, il me fallait convenir que maître Pucelard recourait moins fréquemment à mes talents. Rien de plus naturel que j'eusse lassé sa patience et qu'il fût dépité de mes distractions incessantes qui me faisaient perdre l'emploi du peu que je savais : sans doute, il n'était pas très empressé à s'exposer au désordre dont je me rendais quelquefois l'auteur. Il m'arrivait, en effet, trop souvent de manquer des reprises et de produire des fausses notes assez désagréables et qui rompaient incongrûment l'unisson. De telle sorte que plus d'une fois, quand nous nous quittions après notre concert, il ne me donnait pas rendez-vous pour le suivant. Au contraire, il semblait même se cacher de moi pour indiquer aux autres musiciens où l'on devait se réunir. Ils parlaient bas ensemble et l'on me tenait à l'écart.

» Je ne m'affligeais pas outre mesure de ces petits mystères : indifférent à tout ce qui n'était pas ce que vous savez, je n'étais pas embarrassé de ma liberté. J'en profitais pour rôder, selon ma coutume, autour de l'hôtel de Grigny. La vue de madame la duchesse me troublait de plus en plus. À l'aspect de son carrosse, mes jambes tremblaient et mon front se couvrait de sueur. Souvent, j'étais forcé de rentrer à la maison et de me coucher sur mon matelas.

» J'étais un jour étendu, occupé à mes réflexions, quand on gratta à ma porte. Maître Pucelard entra. Je ne l'avais pas aperçu de toute la semaine. Il s'assit d'un air de gêne et me dit qu'en effet il n'avait pas eu besoin de moi, mais que, ce soir, si je voulais me joindre à lui et à Jean Seguin, nous irions donner concert dans un endroit où il me mènerait et où il allait quelquefois avec Seguin et Van Culp. Seguin et Van Culp étaient les compagnons habituels de maître Pucelard ; Seguin jouait du violon et Van Culp du luth. Ce dernier, étant malade, se trouvait obligé de demeurer à la chambre pendant quelques jours. Alors monsieur Pucelard avait pensé à moi.

» Quand j'eus accepté sa proposition, maître Pucelard baissa la voix. Il m'avoua qu'il avait hésité avant de s'adresser à moi, parce que je lui semblais un peu jeune, mais enfin qu'à quinze ans on est capable d'être discret. Il me fit donc promettre par serment de ne dire à personne où nous serions allés, ajoutant qu'il était de notre intérêt à tous de nous taire. Je lui jurai silence. Il me dit que d'ailleurs je serais bien payé, et partit en me recommandant d'être exact au rendez-vous et de m'habiller proprement.

» Je me présentai à l'heure convenue au lieu que m'avait indiqué maître Pucelard et je l'y vis arriver avec Seguin. Leurs façons mystérieuses m'intriguaient. Ils me firent signe de les suivre. La nuit était complètement tombée. Sans prendre garde au chemin que nous parcourions, je me laissais aller à mes rêveries ordinaires, quand, après nombre de détours, maître Pucelard s'arrêta soudain devant une porte basse pratiquée dans un haut mur, au-dessus duquel on distinguait les arbres d'un jardin que je reconnus tout de suite pour être celui de l'hôtel de Grigny. Aussitôt je commençais à trembler de tous mes membres, pendant que maître Pucelard glissait tout doucement la clef dans la serrure, en nous invitant à ne faire aucun bruit et à marcher avec précaution.

» Nous traversâmes ainsi un quinconce d'arbres et nous suivîmes une allée couverte entre des palissades de buis. Au bout de l'allée, à un rond-point, murmurait une fontaine. L'eau de sa vasque débordait dans un bassin. Au loin, l'hôtel de Grigny formait une masse sombre et dormante. Nous en approchâmes. Maître Pucelard frappa à une petite porte qui s'ouvrit et par où nous pénétrâmes dans un corridor obscur. Nous descendîmes quelques marches. Maître Pucelard me poussait devant lui par les épaules.

» Nous nous trouvions dans une salle brillamment éclairée où une table était dressée. Elle était servie de mets et de vins, avec deux sièges disposés côte à côte. Maître Pucelard nous avait fait ranger et avait pris lui-même place contre la muraille. Nous attendîmes. Mon cœur battait. Ah ! monsieur, il battit bien plus encore et je pensai qu'il m'allait rompre la poitrine quand je vis entrer où nous étions madame la duchesse de Grigny elle-même et dans l'ajustement le plus galant : ses beaux cheveux d'or coiffés à merveille et sa gorge découverte. Derrière elle, s'avançait monsieur le comte des Bertonnières. Que faisait-il, à cette heure de nuit, chez madame la duchesse ? Qu'y faisions-nous nous-mêmes ? Que signifiait ce repas clandestin ? Cependant les deux convives avaient pris place à table. Seguin accordait son violon. Maître Pucelard emboucha sa flûte, moi la mienne, mais je crus bien qu'aucun souffle ne sortirait de mes lèvres. Je n'étais pas, monsieur, au bout de mes surprises.

» Imaginez un peu mon état et ma situation ! Madame la duchesse, dès le début du repas, s'était mise à rire bruyamment. Elle portait souvent son verre à sa bouche et remplissait elle-même celui de monsieur le comte des Bertonnières. Il était jeune et bien fait, mais je n'en revenais pas de ses façons et de ses discours. Madame la duchesse répondait à ses équivoques ou même à ses ordures en se renversant au dossier de son siège, la face animée de vin, et, au lieu de se fâcher de certains gestes et de certaines privautés, elle redoublait ses rires. Tous deux paraissaient avoir oublié que nous étions là. Maître Pucelard continuait le plus naturellement du monde à jouer de la flûte et je l'imitais sans trop savoir comment et les yeux fixés sur le spectacle qui se montrait à ma vue.

» Monsieur des Bertonnières fut bientôt entièrement ivre. Il menait un tapage d'enfer, brisant la vaisselle et la verrerie, chantant et criant à tue-tête. Le rire de madame la duchesse dominait par instants le fracas de ce forcené. À demi-nue, et les cheveux décoiffés, elle excitait le vacarme. Son visage, empourpré, non de honte mais d'un feu luxurieux, semblait celui d'une Bacchante. La couleur de l'orgie lui rougissait les joues... Ah ! monsieur, qu'elle était belle ainsi toute brute d'impudeur et toute chaude de débauche !

» Maître Pucelard avait cessé de jouer. On entendait le vin qui coulait du goulot d'une bouteille. J'écoutais mes dents qui claquaient les unes contre les autres. Je m'adossai à la muraille pour ne pas tomber.

» Il me semblait que le plafond allait s'écrouler sur moi ; une rumeur grondait dans ma tête, qui devint un bruit brusque et répété. Je considérais madame la duchesse : à mesure, ses yeux s'agrandissaient, leur expression se changeait en une lueur de haine, de vengeance et de joie épouvantable. Je me sentais comme percé de ce regard qui ne me regardait plus et qui, à travers moi et au delà, se dirigeait vers quelqu'un dont la vue, m'étant retourné soudain, me fit bondir dans un angle de la pièce, en même temps que monsieur des Bertonnières, subitement debout et dégrisé, franchissait une fenêtre et sautait dans le jardin.

» Sur le seuil de la porte qu'il venait d'enfoncer, se tenait monsieur le duc de Grigny. La lumière l'éclairait en plein. Je le reconnus à sa perruque noire, à son cordon bleu et à son habit brun, plus encore qu'à son visage, qu'une pâleur singulière transformait en une sorte de masque de cire. Botté et éperonné, il serrait dans sa main un fouet de chasse. Qui avait pu l'avertir ? Je pensais plus tard à la maladie de Van Culp, mais, pour l'instant, j'étais dans tout l'étonnement de ce que je voyais et dans l'effroi de ce qui allait suivre.

» Monsieur le duc fit un pas. Sa femme en fit un aussi. Elle ne riait plus. Elle relevait son bas qui lui était tombé sur le talon. Son sein nu et blanc sortait de son corsage dégrafé. Monsieur le duc et elle se regardèrent. Tout à coup, elle se baissa davantage, trempa ses doigts dans une flaque de vin qui rougissait le dallage et en lança quelques gouttes à la figure de son mari, qui en essuya les taches du revers de sa manche. Et j'entendis madame la duchesse qui disait ces paroles dont je ne compris le sens que plus tard :

– Cérac, tu es vengé !

» Un sifflement de lanière l'interrompit. Le cuir tressé cingla les blanches épaules et y laissa une raie rouge. Le fouet siffla une seconde fois : madame la duchesse demeurait immobile comme si elle eût été changée en statue. Les coups se succédaient et il n'en était pas un qui ne portât. Monsieur le duc de Grigny frappait de toute sa force. La tresse déchirait l'étoffe de la robe et lacérait la chair du corps. Monsieur le duc recula et saisit à deux mains la poignée du fouet. Madame la duchesse, cette fois, poussa un cri terrible et tomba sur le visage.

» Maintenant, elle hurlait sur le pavé de toute sa douleur assommée. Monsieur de Grigny achevait son affreuse besogne. Il avait arraché ce qui restait des lambeaux de la robe et il avait posé sa botte sur cette chair meurtrie. Il frappait toujours. Sa grosse perruque sautillait sur son dos. Madame la duchesse ne criait plus. Rudement, monsieur le duc retourna du pied cette nudité inerte et rouge, puis, se courbant, il noua à son poing la torsade des cheveux d'or, et je le vis, traînant derrière lui cette dépouille empourprée, disparaître par la petite porte par où il était entré.

» J'avais assisté à cette scène, muet d'horreur et d'épouvante, du coin où je m'étais retiré. Un peu de vent venu par la fenêtre ouverte me ranima et sécha la sueur de mon front. Maître Pucelard n'était plus là. J'étais seul. Je prêtai l'oreille : aucun bruit. Le corridor était sombre. Je pris pour me guider un des flambeaux qui brûlaient encore et je retrouvai le chemin que nous avions suivi en venant. Au dehors, la nuit était obscure. De gros nuages noirs se bousculaient dans le ciel. Je parcourus de nouveau l'allée de buis et j'arrivai à la fontaine. Elle versait toujours l'eau de sa vasque dans son bassin. Je m'assis sur la pierre et je me mis à pleurer. Puis je sortis du jardin et je rentrai chez moi. Je fus fort malade d'une grande fièvre. Quand je me relevai, on m'apprit que maître Pucelard avait quitté la ville ; Seguin aussi, de même que Van Culp. J'avais ma flûte en aversion : je me remis comme jadis à vagabonder et à battre le pavé. Mes parents y virent un effet de mon mal et me crurent l'esprit un peu dérangé. J'étais devenu fort taciturne et je ne parlais à personne.

M. Herbou se tut assez longtemps. M. de Bréot respectait son silence et attendait qu'il convînt à M. Herbou de reprendre son récit.

— Monsieur le duc de Grigny, — continua M. Herbou, — manifesta un véritable chagrin de la mort de sa femme, qui eut lieu environ quatre mois après les événements que je viens de vous raconter.

» Depuis lors, monsieur de Grigny n'avait point cessé de sortir comme à son ordinaire et de rentrer aux yeux de tous dans son carrosse ; mais madame la duchesse ne l'y accompagnait pas, ainsi qu'elle le faisait souvent, et restait enfermée chez elle. À ceux qui lui demandaient pourquoi on ne la voyait plus avec lui, il répondait fort simplement que les médecins lui recommandaient de demeurer en son appartement à cause d'un froid qui lui avait si bien enroué la voix qu'elle n'était pas capable de se faire entendre de qui que ce fût.

» Le père et la mère de madame la duchesse, s'étant présentés à l'hôtel de Grigny, ne purent eux-mêmes être admis auprès de leur fille ; mais, le lendemain, ils reçurent une lettre d'elle, qui leur confirmait son indisposition et où elle leur annonçait qu'elle profitait de cette solitude pour s'occuper un peu des affaires de son âme. Ces bonnes gens furent rassurés et, sans examiner de trop près l'écriture, qui eût pu leur paraître un peu différente de celle de madame de Grigny, ils se félicitèrent de cette indisposition de leur fille, car ce qui se répétait à son sujet dans les derniers temps leur était parvenu aux oreilles, et, sans les croire plus qu'il ne fallait, ils n'étaient point fâchés du démenti que cette piété donnait aux rumeurs fâcheuses qui couraient sur madame de Grigny. Monsieur de Grigny également parlait avec ouverture et bonhomie du goût soudain de sa femme pour la retraite. Il en plaisantait même, à l'occasion, mais avec la petite nuance de respect qui se doit à quelqu'un qui sait si bien mettre à profit les incommodités du corps et en fait un moyen de s'améliorer l'esprit.

» La vérité est que si madame la duchesse se cachait aux yeux du monde, elle ne paraissait pas davantage chez elle à ceux de ses domestiques. Personne ne pénétrait dans sa chambre d'autre que monsieur de Grigny, qui en emportait avec lui la clef dans sa poche. Madame la duchesse n'avait plus pour se vêtir recours aux servantes, et on disait qu'elle faisait elle-même son lit par pénitence. Monsieur de Grigny semblait accepter fort bien ce nouveau genre de vie de sa femme ; on eût même pu s'apercevoir qu'il en ressentait l'influence, car, de colère et de brutal qu'il ne se privait pas d'être parfois, il devenait le plus doux et le plus patient des hommes. On remarquait en lui ce changement et ceux qui avaient eu à souffrir de ses boutades lui savaient gré de les leur épargner et soupçonnaient à sa femme quelque part à cette réforme, dont il y avait lieu par conséquent de lui être reconnaissant. Aussi en vint-on à penser qu'on avait bien un peu vite prêté crédit à ce que quelques mauvaises langues colportaient sur madame de Grigny et qu'il fallait en rabattre de leurs propos. Rien n'est plus incertain que le jugement public en matière de réputations, ce qui fait que celle de madame de Grigny, un instant décriée, remonta en assez peu de temps à un point où elle ne laissait rien à désirer, et ce fut juste au milieu de ce retour de faveur qu'on apprit soudain que madame la duchesse avait été trouvée morte dans son lit et que les médecins, appelés en hâte, n'avaient pu que constater qu'elle avait cessé de vivre, sans savoir à quoi attribuer un accident si déplorable et si imprévu. Le regret de cette mort fut universel et personne ne douta que monsieur le duc de Grigny n'en dût être inconsolable.

» Le corps de madame la duchesse, lorsqu'on l'embauma, parut en parfait état. La seule singularité qu'on y découvrit fut celle de quelques cicatrices encore mal fermées. Monsieur le duc, au milieu de ses larmes, avoua que ces traces provenaient de l'usage de la discipline dont madame de Grigny se servait par pénitence. Les gens qui surent ce détail virent dans cette ardeur de madame la duchesse à se châtier elle-même le signe qu'elle avait reçu sans doute quelque avertissement de sa mort prochaine et que c'était là la raison d'une retraite si soudaine et si entière. Monsieur le duc fut de cet avis. Il ajouta qu'il engageait souvent sa femme à modérer ces duretés envers elle-même, mais qu'elle ne voulait rien entendre là-dessus, tant elle était exaltée de religion, et il en donnait pour exemple le bizarre testament qu'on avait retrouvé d'elle dans ses papiers. Elle ordonnait que son corps fût mené à cette terre où elle était née et que ses parents possédaient dans leur province. Elle prescrivait qu'on l'y conduisît sans aucune pompe ni aucun cortège et sans autre accompagnement que celui de sept pauvres, choisis parmi ceux de la paroisse et qui devaient suivre sa dépouille pour bien attester que ce n'était point là celle d'une grande dame selon le siècle, mais celle d'une humble pécheresse devant Dieu.

M. Herbou soupira :

— Ce qu'il y avait de plus épouvantable, en cette mort de madame la duchesse de Grigny, fut moins ce que j'ai eu à vous en raconter que ce qui me reste à vous en apprendre, par quelle invention diabolique monsieur le duc de Grigny s'avisa d'accomplir la dernière volonté de sa femme et comment il en tourna le vœu suprême en une monstrueuse comédie. La haine devrait s'arrêter avec la vie de ceux que nous détestons, mais monsieur le duc de Grigny poursuivit jusque dans le tombeau celle à qui il ne pardonnait pas d'avoir voulu venger à sa façon le trépas d'un amant adoré. Il avait à s'acquitter de sa rancune comme il s'était acquitté de sa colère et de sa fureur. Aux coups de fouet dont il avait déchiré la chair coupable et au poison dont il avait usé pour achever sourdement son œuvre il ajouta quelque chose qu'il faut maintenant, monsieur, que je vous dise, mais dont j'aurai peine à vous rendre l'horreur dérisoire et baroque.

M. de Bréot redoubla d'attention et M. Herbou continua ainsi :

— Monsieur le duc fit part hypocritement autour de lui de la volonté de madame la duchesse au sujet de ses funérailles et se déclara résolu à se conformer entièrement au désir qu'elle avait manifesté. On crut tout d'abord que le chagrin troublait un peu la tête de cet excellent mari et que ce n'était qu'une de ces bizarreries d'un premier moment de douleur auxquelles la réflexion empêche de donner suite ; mais il fallut en revenir et on fut vite assuré que monsieur le duc était dans l'intention d'exécuter ce qu'il annonçait. En vain le père et la mère de madame de Grigny voulurent-ils s'opposer à ce que méditait leur gendre. Ils lui représentèrent l'indécence d'un pareil procédé et de cette dépouille chérie courant les routes dans une si misérable compagnie ; comme ils s'obstinaient à le convaincre, il finit par leur fermer la bouche en commandant qu'on lui cherchât sur-le-champ sept mendiants parmi ceux de la paroisse et qu'on les avertît de se tenir prêts à ce qu'on attendait d'eux ; après quoi, il tourna le dos à monsieur et madame de Barandin.

» Ces bonnes gens trouvaient que ce n'était guère la peine d'avoir eu une fille duchesse pour qu'elle s'en allât reposer dans un coin de province et qu'elle fît ce chemin dans un appareil qu'elle avait peut-être choisi, mais qui les offensait, eux, cruellement en leur vanité, — car la leur en effet n'avait guère lieu d'être satisfaite du cortège qui se préparait et dont monsieur le duc venait de donner l'ordre.

» Il ne manque pas à Paris de pauvres diables sans pain. On en rencontre par les rues des troupeaux qui ramassent leur pitance où ils peuvent et il y en a plus qu'il n'en faut qui tendent la main devant le porche des églises. Ils y ont leur place et leur poste habituels. Ils tâchent d'émouvoir les âmes pieuses par l'aspect de leurs difformités. Beaucoup même, à défaut de naturelles, en emploient de fausses, qu'ils simulent d'autant plus abominables qu'ils n'ont pas à en souffrir et qu'elles sont faites pour exciter la pitié. C'est ainsi que la pauvreté devient une industrie. La leur a pour outils des plaies et des guenilles, et, comme ces instruments ne sont pas chers, le nombre de ceux qui s'en servent n'est pas médiocre. Aussi les envoyés de monsieur le duc ne furent-ils guère embarrassés de lui assurer ce qu'il demandait et d'enrôler les sept compagnons qui devaient faire escorte de leurs loques et de leurs haillons à celle qui avait été la plus belle et la plus parée des femmes.

» Cependant le bruit de ces étranges obsèques s'était assez vite communiqué de bouche en bouche et était parvenu à mes oreilles. Depuis la mort de madame de Grigny, je vivais dans un sentiment singulier, qui était comme un mélange de dépit et d'horreur. Quoi ! ce corps, dont j'avais en une nuit ardente entrevu la beauté luxurieuse, était pourri et gâté ! Maintenant, on allait l'emmener, je ne savais où, pour l'enclore au sépulcre ! Pourquoi n'en avais-je pas connu, comme un monsieur des Bertonnières, les délices et les caresses ? Cette pensée me laissait dans l'esprit une amertume affreuse et un regret brûlant. Aussi éprouvai-je une envie insurmontable d'assister à la cérémonie qui se préparait : peut-être qu'à voir mettre en terre ce qui avait été madame la duchesse de Grigny j'y perdrais ce désir atroce dont l'aiguillon me poursuivait et je trouverais l'oubli qui convenait à ces événements dont il ne pouvait que m'être fâcheux de garder le souvenir empoisonné. D'autre part, l'insulte qu'un mari vindicatif voulait ajouter à ses cruautés me semblait m'imposer le devoir de ne point abandonner celle pour qui j'avais conçu tant d'admiration. Et, à ces moments, madame la duchesse cessait d'être pour moi cette femme demi-nue, surprise brutalement en sa débauche ; elle redevenait la noble dame que j'avais vue descendre de son carrosse, un soir, à la lueur des torches, devant la porte de l'hôtel de Grigny, et dont j'avais emporté l'image, peinte au fond de mon cœur. C'était elle aussi que je voulais accompagner jusqu'à la tombe et honorer de mes larmes.

» Ma résolution prise, je songeai au moyen de l'exécuter. Il me restait un peu de l'argent gagné aux concerts de maître Pucelard. Muni de cette épargne, je me dirigeai vers l'église où les gens de monsieur le duc avaient fait leur choix. Je connaissais de longue date tous les mendiants du porche :

c'étaient ceux-là mêmes à qui je donnais parfois en passant une petite monnaie. Il y avait parmi eux un certain Jean Ricouillot. Une dartre vive au visage le rendait assez hideux, mais le laissait de bonne humeur, pour la raison qu'il la grattait chaque soir et la refaisait chaque matin. Fort habile à ce stratagème, il en tirait de quoi manger. Je ne doutai pas que le drôle n'eût su, des premiers, se faire engager pour l'office dont je vous ai parlé. Je ne me trompais pas. Aussitôt, je lui fis part de mon projet. Il s'agissait simplement qu'il me cédât sa place en cette affaire. Il fut fort étonné de ma demande, mais il ne vit aucun obstacle à cette supercherie. Aussi accepta-t-il ma proposition, sans trop comprendre le plaisir qu'il pourrait bien y avoir pour moi à courir les routes à la suite d'un cercueil ; mais l'argent que je lui offris le décida et l'aida à trouver fort bon qu'il en fût ainsi. Nous nous arrangeâmes. Il promit de me prêter les guenilles nécessaires à mon nouveau personnage et de me figurer sur le visage la dartre qu'il simulait si adroitement sur le sien. Ainsi grimé, et mes compagnons avertis de la substitution, je n'aurais qu'à me rendre à l'hôtel de Grigny, à la nuit tombante, et personne ne s'apercevrait de rien.

» Lorsque je me présentai à l'hôtel de Grigny, j'étais fort troublé. On me dit d'aller rejoindre, à l'endroit où ils étaient déjà, mes compagnons. C'était une salle basse et obscure où des ombres s'agitaient confusément. À peine entré, je fus suffoqué par la mauvaise odeur qu'on y respirait, quoique je fusse déjà habitué à celle que répandaient les guenilles dont m'avait paré l'honnête Jean Ricouillot. Mais, avant que j'eusse eu le temps de réfléchir aux inconvénients de ma situation, je fus saisi assez rudement par deux laquais, dont l'un me jetait sur le dos une espèce de longue robe flottante, tandis que l'autre ayant fait sauter mon chapeau d'un revers de main, me coiffait d'une sorte de couronne en carton. Surpris et furieux, j'allais demander ce que signifiait tout cela, lorsqu'on apporta des lumières et que je pus regarder autour de moi.

» Quel spectacle, monsieur ! Je fus sur le point d'arracher ma robe dérisoire et ma couronne de carton. Dans quel étrange carnaval me trouvais-je fourvoyé ! J'en reconnaissais, un à un, les acteurs et j'en savais l'hypocrite et exécrable artisan. Les premiers qui frappèrent ma vue furent Jean Guilbert, le bossu, et Lucie Robine. On lui avait fardé d'un rouge vif son visage en groin de porc ; elle montrait dans un corsage débraillé sa gorge en gourde et relevait sa jupe sur des souliers à grosses bouffettes, en dandinant son corps maigre et osseux ; une guirlande de fleurs posée sur sa tignasse rousse et dépeignée, et, ainsi accoutrée, elle minaudait avec des airs d'agacerie. Quant à lui, tout habillé de noir, il traînait sur ses talons un grand sac flasque. Plus loin, il y avait Charles Langru, tout vêtu de jaune, avec un casque où s'enlaçaient des serpents, et des langues peintes à son dos. Le gros Claude Lardois, en rouge, s'appuyait sur une hallebarde, auprès de Jacques Ragoire, tout ficelé de cordes où pendaient des saucisses et des andouilles, et enfin, énorme, Justine Le Cras, l'hydropique, rembourrée de duvet, et dont la face huileuse et borgne avait l'air de dormir à moitié. Et chacun d'eux portait au col un écriteau comme on m'en passa un à moi-même ; et, comme je lisais sur le mien, en lettres d'or, le mot *Orgueil*, je pouvais lire sur les leurs : *Luxure, Avarice, Envie, Colère, Gourmandise, Paresse*. Car madame la duchesse de Grigny ayant ordonné qu'on l'enterrât en simple pécheresse, monsieur le duc lui donnait ainsi pour la conduire au sépulcre les figures mêmes du péché.

» Quand, travestis de cette façon nous sortîmes de l'hôtel de Grigny pour monter dans les carrosses qui devaient nous emmener, il y avait beaucoup de monde assemblé sur la place. Les gens du voisinage étaient venus pour admirer celle qui, dédaignant les pompes du siècle, n'avait voulu que le seul cortège de quelques pauvres. Ces sortes de renoncement plaisent assez au petit peuple, qui y cherche une marque d'humilité et la preuve que nous différons de lui davantage par notre condition que par nous-mêmes. Ils aiment que nous convenions ainsi de l'égalité de tous devant la mort, et ils savaient gré à madame la duchesse de Grigny de s'être souvenue, en mourant, de ce retour à ce qu'il y a de commun entre nous. Mais, quand ils nous virent déboucher, ils eurent un moment de surprise. Ils eussent approuvé à cette noble dame son escorte de sept mendiants comme si, devant la justice de Dieu, elle n'était rien de plus qu'une mendiante elle-même de sa miséricorde ; que pensaient-ils du spectacle qui s'offrait à leurs yeux ? En sentirent-ils la dérision et l'indécence ? Je ne puis le dire exactement, mais il courut, quand nous parûmes, une sourde huée qui fit relever la tête à monsieur le duc, debout, en grand deuil, auprès du cercueil de sa femme, déjà placé sur un chariot.

» L'instant, monsieur, fut étrange. J'eus l'idée que des pierres allaient siffler sur nous et des mains nous arracher nos oripeaux. Les torches que haussaient les valets nous éclairaient à cru dans notre grotesque. Déjà je portais mes poings à ma couronne de carton doré quand, au milieu du silence qui s'était fait, un rire éclata, puis un second, puis un autre, puis vingt, puis cent, qui ouvraient les bouches, empourpraient les faces, et, de proche en proche, gagnèrent toute la place, des femmes aux vieillards, des hommes aux enfants, et jusqu'aux porteurs de torches, monsieur, jusqu'à nous-mêmes, monsieur ! Oui, la Luxure, qui était Lucie Robine, et l'Avarice, qui était Jean Guilbert, le bossu, s'esclaffaient, et Charles Langru, l'Envie, et le gros Lardois, la Colère, et la Gourmandise, que représentait Jacques Ragoire, se tenaient les côtes, et Justine Le Cras, la Paresse, soutenait à deux mains son ventre énorme, – tous, monsieur, sauf monsieur le duc de Grigny, qui ne riait pas et qui faisait signe aux cochers de pousser leurs chevaux à travers cette foule qui semblait avoir oublié que derrière notre mascarade, se cachait, pourtant, monsieur, le visage vrai de la mort.

M. Herbou reprit haleine, et poursuivit :

– Le carrosse où je me trouvais suivait juste le chariot sur lequel était placé le cercueil de madame la duchesse de Grigny.

Quatre laquais de monsieur le duc l'accompagnaient à cheval avec des torches, sur un pavé qui le cahotait rudement. J'étais encore tout abasourdi de notre départ. Ces rires, ces cris me bourdonnaient aux oreilles. J'avais chaud. J'essuyai la sueur de mon front : j'y sentis la couronne de carton qui me coiffait. Peu à peu le souvenir me revenait du rôle que je jouais en cette lugubre facétie. J'en éprouvais une honte extrême et pour m'en distraire je promenai mes yeux autour de moi.

» Au fond du carrosse, était assis le gros Lardois à côté de la grosse Justine Le Cras ; sur la banquette de devant, Jacques Ragoire auprès de moi : la Colère, la Paresse, la Gourmandise et l'Orgueil voyageaient de compagnie. Le dégoût me serra la gorge à cette vue et je regardais par la portière. Les rues que nous traversions étaient à peu près désertes. Le carrosse roulait toujours sur un mauvais pavé. Parfois un passant s'arrêtait, ébahi de notre étrange cortège, et disparaissait dans l'ombre.

» Nous étions enfin hors de Paris. Les torches des laquais éclairaient les arbres d'une route. Nous croisions des voitures qui se rangeaient pour nous laisser le chemin. J'entendais les jurons des conducteurs auxquels répondaient les injures des laquais de monsieur le duc. Mes compagnons, d'abord silencieux, commençaient à causer entre eux. Leurs langues se déliaient. Lardois-la-Colère avait tiré de ses nippes une bouteille de vin. Ils échangeaient des propos grossiers. Je pensais que, pleins des événements dont ils venaient d'être témoins, ils allaient en discourir, et mon étonnement fut grand qu'ils s'entretinssent des petites ruses de leur métier, des querelles et des détails de leur misérable existence, aussi tranquillement que s'ils eussent été alors sous le porche de l'église, leur sébile aux doigts, au lieu d'être mêlés à la singulière aventure qui me valait leur société. Ils n'en dirent pas un mot. Je fis comme eux, et, pendant qu'ils jacassaient de leurs affaires, je me renfonçai muet dans mon coin.

» Plût à Dieu qu'ils fussent demeurés ainsi tout le long du voyage, et je n'aurais pas à vous conter les ordures auxquelles je dus assister et dont je vous passerai tout ce que je pourrai !... Cependant nous avions continué notre chemin : il n'était point bon et souvent de grosses pierres soulevaient les roues du carrosse et nous jetaient les uns contre les autres. Ragoire en profitait pour pincer galamment la Justine qui s'indignait et le repoussait de bourrades. Tout à coup, la file que nous formions s'arrêta net : un des chevaux du chariot funèbre venait de s'abattre et de casser ses traits. La bête, relevée, boita. Le chef des laquais déclara qu'on irait ainsi jusqu'à la première auberge, où l'on tâcherait de se procurer un autre cheval.

» Nous ne tardâmes pas à arriver à un village. Tout dormait dans l'hôtellerie, mais y fut bientôt réveillé par les coups frappés à la porte. L'hôtelier, en bonnet de coton, parut à une fenêtre. La vue des torches et des carrosses l'adoucit. Il croyait avoir affaire à quelque voyageur de marque, et il descendit nous ouvrir avec empressement.

» Je ne vous dirai pas sa stupeur à l'aspect de notre mascarade. Il fallut que le maître-laquais lui expliquât gravement que nous étions les Péchés de madame la duchesse de Grigny que nous conduisions à sa dernière demeure. Ce maraud indécent et facétieux ahurit si bien l'aubergiste que, sans rien comprendre à ce qu'on lui débitait, le brave homme prit le parti de nous saluer fort bas du bonnet et de faire entrer en sa cuisine ceux qu'il appelait très poliment : « Messieurs les Péchés. »

» Les chandelles allumées, vous devinez bien qu'on réclama vite à boire : les générosités de monsieur le duc avaient garni toutes les poches d'écus sonnants. Aussi imaginez la rumeur et le tapage. C'était un train à ne pas s'entendre et un spectacle qu'il vaudrait mieux ne pas avoir vu. La grosse Justine vidait son verre, assise sur les genoux de Jacques Ragoire ; Lucie Robine, couchée sur la table, se faisait entonner le sien par Charles Langru. Les valets eux-mêmes s'étaient fort débraillés et portaient la santé de monsieur le duc. Ils avaient tiré leurs pipes et fumaient du tabac, dont le nuage planait au-dessus de nous. Les cochers des carrosses s'étaient joints à eux et faisaient claquer leurs fouets par-dessus les têtes. Tout cela composait un tableau rendu plus singulier encore par le clinquant de nos costumes, dont tous les voyageurs de passage à l'hôtellerie et importunés dans leurs lits par le vacarme étaient descendus admirer, du seuil de la porte, l'aspect hétéroclite, s'amusant fort de cette bambochade imprévue.

» Enfin, écœuré par l'odeur du vin et du tabac, je sortis dans la cour pour prendre l'air. Les vitres illuminées de l'auberge faisaient courir sur le terrain des lueurs fantastiques, et ce cabaret de village, où se dessinaient, par les carreaux rougis, des ombres bizarres, donnait assez l'idée d'une des salles de l'enfer, où nous figurions assez bien avec nos accoutrements et nos oripeaux diaboliques.

» Ne voulant pas rentrer dans cette fournaise, je me réfugiai dans l'un des carrosses dételés. J'y réfléchissais à ma malencontreuse entreprise, mais je ressentais tout de même un grand désir de la pousser jusqu'au bout et de conduire au repos le cercueil de madame la duchesse. Hélas ! monsieur, ces verres choqués, ce vin répandu me faisaient songer à un autre repas plus délicat et plus voluptueux, et je revoyais, en sa beauté demi-nue, celle qui maintenant gisait entre ces quatre planches étroites, cahotée aux pas des chevaux et escortée de la suite injurieuse dont l'avait outragée dans la mort celui de qui j'entendais le nom acclamé par des voix criardes et enrouées.

» L'aube pointait quand on se décida à repartir. Les laquais titubants eurent peine à se remettre en selle. Mes compagnons de carrosse furent, cette fois, Lucie Robine, Charles Langru et Jean Guilbert ; – la Luxure, l'Envie et l'Avarice. – Ils étaient tous trois tellement ivres qu'ils s'assoupirent aussitôt. Je vivrai longtemps, monsieur, sans oublier le spectacle de leur sommeil dégoûtant, coupé de hoquets et de nausées. La Robine était particulièrement répugnante. L'étoffe mouillée de vin collait à son corps maigre, et ses yeux fermés montraient leur bordure saignante. La lumière du jour la rendait encore plus affreuse, car il faisait maintenant tout à fait clair.

» La matinée s'annonçait belle. La route traversait des champs bien cultivés ou des prairies couvertes d'une brume légère qui, peu à peu, se dissipait à une clarté plus vive. Nous longeâmes une petite rivière, qui coulait entre des saules, tantôt unie, tantôt écorchée à des cailloux. Je respirais un air sain et pur. J'aurais voulu sauter en bas de ce carrosse empesté de crasse et d'haleines, où la Robine dormait bouche ouverte et où Charles Langru et Jean Guilbert ronflaient lourdement ; oui, monsieur, j'aurais voulu m'échapper, courir à travers les herbes, jeter là ma couronne dorée et me baigner en cette eau fraîche et limpide. Pour la première fois depuis longtemps, je repensai à ma petite flûte, si juste et si sonore, d'où j'aimais à tirer des sons mélodieux. Que ne l'avais-je avec moi ! Je me serais étendu sous un arbre et j'aurais imité par son chant les murmures de l'onde et la voix des oiseaux.

» Nous devions arriver vers trois ou quatre heures de l'après-midi au lieu que madame de Grigny avait désigné dans son testament comme l'endroit où elle désirait que son corps fût porté pour y reposer dans une terre que ses pas d'enfant avaient foulée au temps heureux de ses jeux avec monsieur de Cérac. C'était à Salignon que bifurquait la route du château de monsieur de Barandin, et il était déjà plus de deux heures que nous n'avions pas encore atteint cette petite ville ! Depuis notre départ de l'hôtellerie, aucun des cochers ni des laquais n'avait songé à s'assurer du chemin que nous suivions, tant les libations de la nuit leur troublaient la cervelle. Ils remirent à s'en enquérir au premier village : il se montra bientôt, au creux d'un vallon. Comme nous en approchions, un bruit de musique nous vint aux oreilles, et, en débouchant sur la place, nous vîmes que les habitants étaient occupés à se trémousser sous les tilleuls, au son des musettes et des tambourins.

» Notre carrossée causa quelque surprise aux danseurs, et, du plus loin qu'ils aperçurent les laquais à cheval, ils se rangèrent pour nous laisser passer. Les saltimbanques et les bateleurs suspendirent leurs tours. Les buveurs abandonnèrent les bouteilles entamées. Quand nous fûmes au milieu de tout ce monde, l'étonnement le céda sur les visages à une joie marquée, et l'un des villageois qui semblait le principal d'entre eux, s'inclina poliment devant le chef des laquais. Notre mascarade donnait l'idée à ces bonnes gens que nous étions une troupe de comédiens ambulants, et leur ambassadeur venait nous prier d'honorer de nos talents leur fête rustique. Il les fallut détromper et leur dire que notre compagnie n'était pas ce qu'ils supposaient, que nous avions autre chose à faire qu'à parader et à danser, et que le grand coffre qui nous précédait ne contenait pas nos défroques de rechange, mais le corps même de madame la duchesse de Grigny, qu'il s'agissait de conduire par le plus court à son repos éternel.

» Ce fut alors que nous apprîmes que nous avions fait fausse route et qu'il fallait couper par la traverse si nous prétendions gagner le château de monsieur de Barandin avant que la nuit fût trop avancée. Cette nouvelle fut très mal reçue dans les carrosses. Les drôles et les drôlesses qu'ils voituraient se plaignaient de la fatigue du chemin. Ils avaient le palais à sec, et la vue des bouteilles ranimait leur soif. Aussi ne fut-ce que bien muni qu'on repartit, au grand scandale de ces honnêtes gens, qui se signaient sur notre passage, avec le soupçon que nous étions peut-être des fous que l'on menait à quelque asile et à qui l'on avait persuadé, pour en venir à bout plus commodément, le jeu singulier où se prêtait leur insanité.

» Cependant, à mesure que nous cheminions assez péniblement par cette traverse qu'on nous avait indiquée, l'aspect de la nature se modifiait. Le pays devenait d'un caractère assez farouche, avec de gros rochers parmi des arbres rabougris auxquels succédaient des terrains sablonneux et stériles. Le royaume le mieux cultivé a de ces parties ingrates et qui ont découragé, par le peu qu'elles lui rendent, le travail des hommes. Celle où nous étions nous paraissait peu à peu affreuse, sans compter que le crépuscule y ajoutait je ne sais quoi d'étrange où les objets se déformaient. Lucie Robine avait cessé de boire, et Charles Langru avait jeté sa bouteille vide par la portière. Quant à Jean Guilbert, il se courbait sous sa bosse et marmottait des patenôtres entre ses dents ébréchées. Moi-même, je ressentais une impression désagréable, qui s'accrut quand nous nous engageâmes dans une allée de hauts chênes noueux, dont les branches tordues semblaient nous menacer et sous le couvert desquelles il faisait sombre comme au couloir d'une caverne.

» Cette avenue aboutissait à un pauvre hameau dont les maisons se groupaient autour d'une petite église. Plus loin on apercevait les deux tours pointues du château de monsieur de Barandin. Il n'avait guère bonne mine, ce vieux manoir, monsieur, avec son logis et ses tourelles, et il était tout entouré d'une eau verdâtre où il se reflétait lugubrement. D'assez vastes communs s'élevaient à quelque distance. Les grenouilles coassaient dans les joncs du fossé. Les chauves-souris rayaient l'air obscur. J'avais peine à croire que de ce vilain lieu eût pu sortir cette belle personne aux cheveux d'or qui de mademoiselle de Barandin était devenue madame de Grigny. Pendant que je réfléchissais ainsi, les laquais cherchaient à se faire entendre du château. Torches allumées, ils menaient grand bruit au pont-levis. Enfin, une bizarre figure se montra à une fenêtre. C'était celle d'un bonhomme à cheveux gris qui semblait fort maussade d'être dérangé : aussi, quand le chef des laquais lui eut crié ce qu'il voulait de lui, le personnage répondit durement qu'il n'avait pas d'ordres de monsieur de Barandin, qu'il n'ouvrirait point la porte à des gens qu'il ne connaissait point et que, si l'on s'obstinait au fossé, il nous prouverait qu'il ne valait rien de demeurer à sa portée. En disant cela il nous ajustait de son mousquet, dont il eût sans aucun doute fait usage si les marauds qui l'importunaient n'eussent fait un bond pour se mettre à l'abri derrière les carrosses.

» Nous en étions là quand les habitants du hameau, attirés par les cris et la lumière, accoururent à notre secours. En apprenant que ce cercueil était celui de mademoiselle de Barandin, ils furent fort attristés. Madame la duchesse, en souvenir du temps qu'elle avait passé en ces lieux, y répandait d'abondantes aumônes. Ces honnêtes villageois nous assurèrent qu'on n'obtiendrait rien du gardien du château et que parlementer avec lui de nouveau serait s'exposer à la mousquetade. D'autre part, ils nous dirent que le curé était absent jusqu'au lendemain ; il avait avec lui la clef de l'église. Il ne restait donc que les communs où l'on pût trouver un gîte. Ils offrirent d'y porter du fourrage pour les chevaux et de la paille pour nous. Le matin, le curé, de retour, ferait l'enterrement, pour lequel monsieur le duc de Grigny ne s'était pas soucié de prendre aucune mesure, de même que monsieur et madame de Barandin ne s'étaient pas inquiétés que le cercueil de leur fille fût reçu convenablement au château. Au fond, ils ne lui pardonnaient pas, je pense, la folie de ce testament, dont s'était autorisée celle de monsieur le duc, et ce caprice d'humilité de s'en aller pourrir dans un trou de province, accompagnée d'une carrossée de Péchés en costume de carnaval.

M. Herbou se tut. M. de Bréot l'allait presser d'achever son récit, si M. Herbou ne l'eût repris de lui-même :

– Ce fut dans l'écurie, le mieux conservé de ces bâtiments presque ruinés, que nous dûmes nous accommoder. On avait remisé sous une sorte de hangar le chariot qui supportait le cercueil de madame la duchesse. Si, fort heureusement, la paille que nous donnèrent les gens du hameau était sèche, le pain et le fromage qu'ils nous offrirent ne l'étaient pas moins. Accablé de fatigue, après quelques bouchées, je m'étendis sur le dos, les yeux fermés. Les villageois nous avaient prêté deux grosses lanternes à vitres de corne. Elles éclairaient tant bien que mal l'écurie. Parfois, je rouvrais les yeux. J'apercevais, couchés pêle-mêle, les compagnons de notre étrange équipée. Les laquais ronflaient. Non loin de moi gisait Lucie Robine auprès de Lardois. La Gourmandise, l'Envie, la Colère, la Paresse, la Luxure, l'Avarice dormaient à qui mieux mieux. Justine Le Cras et Jean Guilbert, le bossu, reposaient côte à côte. Mes yeux se clorent de nouveau, mes paupières pesaient sur eux comme du plomb.

» Je ne sais si mon sommeil dura longtemps, mais je me réveillai à un bruit de paille foulée. Peu après, Jean Guilbert se leva doucement et sortit à pas étouffés. Son ombre bossue grimaça sur le mur et il disparut. Au bout d'un instant, je vis Jacques Ragoire en faire de même, puis tout redevint tranquille. Une petite chauve-souris voleta à la lumière des lanternes. Les chevaux des carrosses frappaient sourdement le sol de leurs sabots. Jean Guilbert et Jacques Ragoire ne revenaient pas. Un certain temps passa ainsi, quand un soupçon me fit tressaillir : sur les genoux, je rampai jusqu'à la porte.

» Au dehors, la nuit était sombre, mais étoilée. Je respirai longuement. Mes yeux s'habituaient peu à peu à l'obscurité. Au bout d'un moment, je distinguai une vague lueur, à l'angle d'un mur, derrière lequel se dressait justement le hangar où se trouvait le cercueil de madame la duchesse. Je me dirigeai lentement de ce côté. L'herbe humide assourdissait le bruit de mes pas. J'en fis encore quelques-uns et je débouchai en pleine lumière, et voici, monsieur, ce que je vis :

» Jean Guilbert, le bossu, une torche à la main, se tenait debout près du cercueil sur lequel Jacques Ragoire posait son pied. Pour disjoindre le couvercle du coffre funèbre, il y avait introduit le fer de cette espèce de hallebarde qui aidait Jean Lardois à figurer le personnage de la Colère : Ragoire s'en servait comme d'un levier. Il poussait, de temps à autre, un petit soupir d'effort. Le bossu lui indiquait du doigt où il devait peser et agitait sa torche, qui faisait se mouvoir sur le sol leurs ombres affreuses. Les deux misérables, espérant sans doute que madame la duchesse portait sur elle quelques bijoux, avaient formé le projet de voler les anneaux et les pendeloques qui, à leur jugement, ne pouvaient manquer de parer un cadavre aussi illustre, et ils n'avaient pas hésité à la détestable entreprise de les arracher à la tombe. La vue de ce travail sacrilège me remplissait de dégoût. J'aurais voulu appeler, mais pas un souffle ne me sortait de la gorge et je demeurais immobile, sans force et sans voix.

» Ils continuaient leur répugnante besogne. Le bois craquait sous la pesée. Je distinguais très nettement leurs moindres mouvements. Peu à peu, le couvercle cédait. J'étais muet d'horreur et haletant de curiosité. Celle que j'avais si souvent admirée en ses parures, celle enfin que j'avais vue à demi nue dans le désordre d'une nuit à laquelle je ne pouvais penser sans frémir, celle dont j'avais accompagné jusqu'ici la dépouille sous un déguisement ignominieux, celle-là, monsieur, allait m'apparaître une dernière fois, en son appareil funèbre ! Et l'idée de cette vue, monsieur, me faisait frissonner jusqu'en la moelle de mes os.

» Tout à coup le couvercle se rompit, et Ragoire chut à la renverse. Jean Guilbert s'était précipité, la torche haute d'une main ; de l'autre, il fouillait dans le cercueil ouvert : je voyais son long bras s'agiter. Sa bosse lui donnait l'aspect d'une araignée monstrueuse et acharnée. Ragoire se pencha aussi sur le cercueil et en retira comme un écheveau doré. C'était, enroulée à son poing, la chevelure de madame la duchesse !

» Je voulus courir sus aux misérables. Mon pied butta à une grosse pierre. Je ne sais comment, je la lançai dans les jambes de Jean Guilbert, qui lâcha sa torche. Ragoire poussa un cri étouffé. J'entendis leur souffle. Ils passèrent près de moi sans me voir et disparurent dans la nuit. À terre, la torche pétillait encore.

» Mes mains tremblaient tellement que j'eus peine à la saisir. Lentement, je m'approchai. Madame la duchesse était couchée au cercueil, dans une toile si fine qu'elle permettait de distinguer la forme de son corps. La mort en avait presque respecté la souplesse. Elle était à demi tournée sur le côté, de façon que je ne voyais pas son visage, mais seulement sa belle chevelure répandue, qui me semblait s'étendre vers moi, comme si elle allait se nouer à mes poignets, entraver mes genoux, m'entourer de son étreinte innombrable. Elle grandissait et venait à moi. Elle était de l'or et elle était du feu... Elle attirait comme un trésor et rayonnait comme un brasier...

» La torche consumée me brûla cruellement ; je la lâchai à mon tour : la chevelure d'or s'éteignit.

» J'avais fait un bond en arrière. Comment parvins-je à l'écurie où étaient les chevaux ? je l'ignore. Quand je repris le sentiment de moi-même, je fuyais à travers champs, cramponné au poil de la bête. L'aurore blanchissait le bas du ciel. Le galop de mon cheval retentissait à mes oreilles. Je n'étais pas grand cavalier, et ce fut miracle que j'eusse tenu jusque-là au dos de ma monture. Un écart qu'elle fit à ce moment me démonta. Ma tête heurta contre une souche, et ce ne fut que plusieurs heures après que les gens de monsieur le comte des Raguiers me ramassèrent, et, m'ayant fait boire un cordial, crurent amuser leur maître en lui menant ce singulier personnage, grimé comme un saltimbanque, monsieur, et habillé comme un roi de cartes.

VI

CE QUE M. HERBOU, LE PARTISAN, AJOUTA AU RÉCIT QU'IL AVAIT FAIT À M. DE BRÉOT.

M. Herbou avait cessé de parler. M. de Bréot demeurait également pensif et regardait silencieusement autour de lui. Tout y marquait assez le chemin parcouru par M. Herbou depuis ce matin où les gens de M. le comte des Raguiers avaient ramassé sur la route ce même M. Herbou, en costume de Péché. M. de Bréot en concluait qu'il ne faut jamais désespérer de la fortune, car elle a des voies bien singulières pour faire de nous ce qu'elle veut et ce à quoi nous nous attendons le moins. Par une de ces surprenantes volontés du sort, M. Herbou, qui avait commencé son existence dans le taudis d'un pauvre garçon tapissier, la finissait dans une maison ornée des meubles les plus précieux et parmi tous les raffinements du luxe et du plaisir. M. Herbou était riche ; M. Herbou était, sans doute, heureux. Se pouvait-il donc qu'il ressentît encore, après si longtemps, un trouble véritable de cette aventure de jeunesse qu'il venait de raconter à M. de Bréot ? Et pourtant celui-ci avait observé plus d'une fois chez M. Herbou, au cours de son récit, des signes d'émotion, comme si le souvenir de cette histoire était encore en lui tout chaud et tout ardent.

M. de Bréot en était là de ses réflexions quand M. Herbou les rompit assez brusquement :

– Vous vous demandez, je suis certain, comment je peux bien me rappeler avec animation, parmi tant de choses de toutes sortes qui me sont arrivées depuis, celles que je viens de vous dire. Cette mémoire, en effet, est assez étonnante, et j'aurais dû la perdre en chemin, car ce n'est pas une route commode qui mène d'où je viens au point où je suis. L'argent est plus difficile à acquérir que la gloire. Le métier est dur, monsieur, à devenir riche ; et j'ai connu de bonne heure les nécessités que le besoin impose à ceux qui n'ont et ne sont rien. Parmi elles, je compterai le devoir où je fus d'entrer au service de monsieur le comte des Raguiers, car j'échangeai pour la livrée de ce seigneur mon costume de jeu de cartes qui fut, je dois l'avouer, le premier atout de ma destinée ; mais ce n'est pas en se croisant les bras qu'on se tire de cette condition, et songez à ce qu'il me fallut subir et entreprendre pour accomplir le miracle que vous savez. Je prétends ne pas me vanter en vous disant qu'il y faut non seulement de la chance, mais aussi de l'audace et quelque aptitude. Imaginez comme vous voudrez cette montée à une échelle sans échelons. Y serais-je parvenu sans le secours d'une force secrète ? Elle me vint justement de l'histoire que je vous ai contée.

M. Herbou se tut un instant, et soupira :

— J'y ai pris, monsieur, un furieux désir d'être riche.

M. de Bréot regarda M. Herbou.

— Oui, monsieur, et cela me saisit, à mon insu, tandis que je galopais presque privé de sentiment et cramponné à la crinière de ma bête. J'emportais dans mes yeux la couleur d'or de la chevelure de madame la duchesse. Elle rayonnait dans ma pensée avec le souvenir de sa beauté, et ce fut en ces heures que je conçus à jamais, monsieur, l'horreur d'être pauvre.

M. Herbou s'animait de nouveau en parlant :

— N'était-ce pas, en effet, à ma pauvreté et à ma petitesse que je devais l'effroyable regret qui me tourmentait le cœur et qui me faisait couler des larmes au visage ? Ah ! au lieu d'être un simple joueur de flûte en la compagnie de maître Pucelard, que j'eusse été un jeune seigneur de la cour, comme monsieur des Bertonnières, j'aurais eu sans doute de madame la duchesse de Grigny ces faveurs qu'elle accordait moins à son plaisir qu'à sa vengeance. Tout comme un autre, j'eusse pu servir à la rancune qu'elle gardait à monsieur le duc de la mort de ce jeune monsieur de Cérac ! J'ajouterai que ce regret, non d'un moment, mais bien de toute ma vie, que je l'éprouve encore aujourd'hui avec une force et une amertume que le temps n'a pas diminuées, tellement que je me suis mis en tête, pour de bon, d'en éviter tout autre de la même sorte, et je pris, dès que j'en fus capable, mes dispositions pour me trouver en état qu'il en fût désormais ainsi.

» Je me jurai donc à moi-même de ne jamais concevoir pour une femme quelque désir que je ne fisse ce qu'il fallait faire pour le satisfaire, surtout s'il s'y mêlait ce qu'on nomme de l'amour. Je ne me sentais pas en goût de supporter une seconde fois le tourment affreux et le chagrin continuel que me faisait endurer la privation de madame la duchesse de Grigny. À ces fins, j'adoptai le parti furieux d'être riche, qui est encore le meilleur moyen de venir à bout de ce qu'on veut. Grâce à mon argent, il ne m'est plus arrivé d'aimer sans qu'on voulût bien au moins faire comme si l'on m'aimait. Je ne vous dirai point que cela ne m'a pas coûté cher, mais monsieur Herbou a de quoi fournir à ce que la plus belle demande elle-même et aucune ne s'est mise à si haut prix que je n'aie pu surenchérir sur ce qu'elle croyait valoir.

» C'est de cette façon que j'ai pu ne pas conserver en mon esprit de ces désirs stériles et rebutés qui torturent si cruellement, et que j'ai pu préserver, jusqu'à un âge qui n'est plus celui de la jeunesse, ma bonne humeur et ma bonne mine, encore que parfois il me revienne à la pensée cette aventure que je vous engage à méditer, car elle contient une leçon qui peut ne pas être inutile, bien qu'elle soit pour moi un souvenir sur lequel je préfère du moins ne pas m'appesantir, puisque rien au monde, monsieur, ne peut faire qu'elle n'ait pas été !

Comme M. Herbou finissait de parler et que M. de Bréot allait prendre congé de lui, un valet se présenta pour avertir M. Herbou que M. le prince de Thuines demandait à le voir.

– Voilà qui est fort bien, – dit M. Herbou à M. de Bréot, quand il eut commandé au laquais d'aller chercher M. le prince de Thuines, qui attendait dans son carrosse, – et qui vient à point pour nous tirer des pensées où nous sommes, vous de celles qu'a pu vous susciter mon récit, et moi de celles qu'il m'a rendues. D'autant mieux que ce que nous dira monsieur de Thuines pourra, j'en suis sûr, s'ajouter justement à ce que je vous ai dit. Si je vous ai enseigné un moyen de vous soustraire aux dangers de l'amour, je gage que monsieur de Thuines vous en apportera un autre et qu'entre les deux vous ferez un choix pour vous guérir d'une certaine mélancolie, que je vois dans vos yeux et qui ne présage rien de bon.

L'entrée de M. le prince de Thuines fut fort belle. M. de Bréot admirait enfin de près ce gentilhomme qu'il n'avait vu encore que de loin. Aussi M. de Bréot le considérait-il avec attention. On ne pouvait rien voir de mieux fait et de plus impertinent que M. le prince de Thuines. Naturellement la conversation de M. Herbou et de M. de Thuines tomba sur des sujets de galanterie. Elle en arriva à un point où M. Herbou demanda à M. de Thuines s'il était toujours amoureux de madame de Gorbes.

– Amoureux ! amoureux ! – répondit celui-ci, – mais vous avez donc juré de me rendre ridicule aux yeux de votre ami et de me faire passer en son esprit pour quelqu'un d'un autre temps ?

Et M. le prince de Thuines prit tout en riant un air offensé.

– Ne trouvez-vous pas, monsieur, – continua le prince en s'adressant à M. de Bréot – qu'il y ait rien de plus dégoûtant et de plus bas que d'être amoureux d'une femme. Quoi, l'aborder, la supplier, lui promettre, lui mentir pour obtenir d'elle quelque chose qu'elle nous fait l'affront de n'être pas la première à vouloir de nous ! Voilà bien le métier le plus rebutant du monde ! Et encore n'est-ce point tout, mais fixer des rendez-vous, écarter des obstacles, assurer des rencontres, ne serait-ce pas là plutôt une occupation de valet qu'un divertissement de gentilhomme ? Comment se peut-il qu'avec un peu de cœur on condescende à ces façons ! Si les femmes prétendent à l'amour, qu'elles s'y prennent autrement que par exiger de nous ces devoirs fastidieux auxquels il n'est plus possible de se résoudre ! Au moins, si elles résistaient pour de bon, il y aurait quelque mérite à leur faire au rebours de ce qu'elles veulent, mais songez que c'est justement ce qu'elles désirent le plus qu'elles nous astreignent à avoir d'elles avec mille peines et mille soins. Aimer, monsieur, mais vous avouerez qu'il convient tout au plus de se laisser aimer. Être aimé, voilà qui est encore supportable, si l'on y apporte un choix judicieux ! En vérité, c'est bien au tour des femmes à se montrer ce qu'elles doivent être et au nôtre à demeurer ce que nous sommes, et je ne pense pas, monsieur, que vous, qui êtes nouveau en cette ville et avec quelque figure, alliez vous joindre aux barbons et aux niais qui se comportent encore à l'ancienne mode, quand il y en a une autre plus nouvelle et plus commode pour laquelle vous me semblez fait ; aussi espérai-je, monsieur, que si vous avez quelque dessein sur quelque femme d'ici, vous vous contenterez tout au plus de lui laisser entendre qu'il n'est pas dans les vôtres de vous opposer à ceux qu'elle ne peut manquer d'avoir sur vous.

Pendant que M. le prince de Thuines parlait ainsi, M. de Bréot, tout en écoutant poliment ses discours, regardait par la fenêtre qui s'ouvrait sur le jardin de M. Herbou. Entre des buis taillés, une fontaine y épanouissait sa gerbe étincelante et il semblait à M. de Bréot y distinguer la forme humide et nue de la Nymphe qui l'habitait et qui rappelait la grâce ruisselante et argentée de la belle madame de Blionne.

VII

OÙ REPARAÎT POUR DISPARAÎTRE M. FLOREAU DE BERCAILLÉ.

Ce n'était point que M. de Bréot éprouvât pour la jolie Marguerite Géraud un de ces désirs violents et avides, comme celui que lui avait dépeint M. Herbou, le partisan, dans son histoire de la duchesse de Grigny, ni ce sentiment durable et mélancolique que lui avait fait connaître à lui-même la vue de la belle madame de Blionne, mais il n'en goûtait pas moins un certain plaisir à considérer de cette jeune femme le visage plein et riant. Elle avait même poussé la complaisance jusqu'à ne pas refuser à M. de Bréot que ce visage se continuât pour lui sous la guimpe par un cou blanc et potelé et par une gorge bien à point et s'achevât également sous la robe par une taille ronde des hanches égales, un ventre poli et des cuisses fermes que prolongeaient des jambes bien faites et des pieds bien façonnés.

Il avait suffi à M. de Bréot, pour être à même de jouir de tous ces agréments, qu'il vînt plusieurs fois dans la boutique de maître Géraud, luthier, à l'enseigne de la *Lyre d'argent*. Il y était entré une fois par hasard et il avait pu constater que les chalands y trouvaient bon accueil. L'aimable Marguerite Géraud s'efforçait de satisfaire à chacun et de lui donner l'idée que la *Lyre d'argent* est la boutique la mieux pourvue et la plus avenante du quartier.

M. de Bréot fut assez de cet avis. Il y a, en effet, quelque plaisir, quand on achète quelque chose, à être servi avec gaieté et empressement et à voir l'argent que l'on débourse pour son emplette passer non point à des doigts crochus qui semblent vouloir vous griffer, mais à des mains qui paraissent vouloir l'accepter plutôt en souvenir de vous que comme le prix même de ce qu'il solde. Et c'est justement l'impression que savait donner l'accorte luthière, tant elle mettait de bonne grâce à son métier. Aussi M. de Bréot venait-il assez souvent à la *Lyre d'Argent*.

Il avait remarqué d'ailleurs l'excellente qualité des cordes à luth qu'on y fournissait et qu'elles rendaient un son plein et délicat. Maître Géraud se montrait reconnaissant des compliments qu'on lui faisait de sa marchandise, et l'aimable Marguerite Géraud ne dédaignait pas ceux qu'on lui adressait sur la grâce de son visage. Maître Géraud lui-même ne s'offusquait point trop s'il lui en revenait quelque chose, quoiqu'il eût l'oreille plus fine à l'accord des instruments qu'à ce qui se disait autour de lui. C'était un bonhomme accommodant et fort occupé de ses affaires. Il fourrageait dans la boutique pendant que l'on courtisait sa femme. Il époussetait et nettoyait ses instruments et les tenait en bon ordre, tandis qu'au comptoir madame Géraud répondait aux galanteries.

C'était un lieu fort agréable que la boutique de maître Géraud. Les instruments de toutes sortes y composaient une décoration naturelle, à la fois singulière et riche par leurs formes, qui étaient diverses, et leur matière, qui était souvent précieuse. Il y en avait de bois rares incrustés de nacre et d'ivoire, et certains amusaient la vue par la bizarrerie de leur structure. La taille échancrée des violons voisinait avec la rondeur des tambourins et faisait compagnie à la maigreur élancée ou noueuse des flûtes et des fifres. Tous ces instruments s'alignaient en guirlandes le long des murs et quelques-uns même, qui pendaient du plafond, oscillaient imperceptiblement, parmi lesquels un luth obèse à gros ventre semblait un oiseau sans ailes et prêt à pondre son œuf sonore.

Cette vue divertissait fort M. de Bréot et il restait assez souvent là à rêver. Il lui semblait peu à peu que tous ces instruments s'animaient, et il croyait en entendre le concert silencieux où s'ajoutait le timbre argenté du rire de la jolie marchande dont les dents blanches étaient d'un ivoire digne d'être incrusté aux manches des violes et aux panses des luths et dont les blonds cheveux eussent vibré délicieusement sous l'archet. Ces idées ramenaient M. de Bréot au visage de la jeune femme. Les pensées qu'il y prenait devenaient sans doute assez visibles sur le sien pour qu'elle s'aperçût du tour qu'elles suivaient. Marguerite n'en semblait pas mécontente. Peu à peu, la présence de M. de Bréot lui causa assez d'agrément pour qu'elle songeât à la rechercher ailleurs qu'en public et sous les yeux de maître Géraud, qui, sans être jaloux, n'en était pas moins un mari et qui, si occupé qu'il fût de son commerce, ne l'était pas au point de ne pouvoir s'apercevoir de celui que sa femme entretenait par le regard avec M. de Bréot.

Maître Géraud était fier que l'on trouvât exactement dans sa boutique tout ce qu'on peut souhaiter, quand on joue de quelque instrument, aussi fut-il assez dépité lorsqu'un jour M. de Bréot lui demanda pour son luth certaine espèce de cordes qu'il lui arriva de ne pas avoir chez lui. Il jura d'abord à M. de Bréot qu'il n'existait rien de pareil, puis il finit par lui assurer, avec un peu de confusion à ce dépourvu, qu'il voyait bien ce qu'il lui fallait et qu'il aurait la chose le lendemain. M. de Bréot répondit poliment qu'il n'était pas si pressé, et il avait oublié la promesse du luthier quand, le lendemain, dans l'après-midi, comme il se trouvait dans sa chambre, il entendit frapper à la porte. Elle s'ouvrit, et, sur le seuil, il vit avec surprise Marguerite Géraud, elle-même, les yeux baissés et qui tenait à la main un petit paquet.

Elle s'avança modestement. Elle n'avait pas ce regard vif et prompt, dont elle accueillait le chaland à son comptoir. M. de Bréot la remerciait cérémonieusement d'avoir pris la peine de se déranger et il s'embarrassait dans son discours lorsque, avec un grand éclat de rire, elle poussa la porte derrière elle et lui posa ses lèvres sur la bouche...

Elle venait ainsi assez souvent visiter M. de Bréot et, chaque fois, ils étaient contents l'un et l'autre. Marguerite était ardente et pieuse. Elle donnait volontiers à son amant l'heure de la messe à laquelle elle ajoutait le temps de diverses courses dont elle prenait prétexte auprès de son mari pour être absente de la boutique. Cela faisait plus ou moins de temps qu'ils employaient de leur mieux : tantôt M. de Bréot ne dérangeait de l'ajustement de la jeune femme que juste ce qu'il fallait, tantôt il la mettait tout à fait nue pour jouir de son corps entier, et, après l'avoir contemplée debout en sa blancheur, il la couchait sur son lit et s'y allongeait auprès d'elle. Il éprouvait du plaisir à sentir cette peau contre la sienne, non qu'il aimât véritablement sa maîtresse, mais il était jeune, on était au printemps et il n'est jamais ennuyeux d'éprouver un désir qu'on ne garde que le temps d'en sentir le petit empressement.

Ils en étaient un jour à cet instant qui succède à d'autres plus doux, quand on frappa brusquement à la porte. M. de Bréot n'eut que le temps de se mettre debout et Marguerite celui de ramener le drap sur son visage, et M. Floreau de Bercaillé apparut sur le seuil. Ce qu'il voyait ne pouvait pas lui laisser le doute d'être importun, mais il n'en montra rien et s'avança de quelques pas dans la chambre, le chapeau à la main, dont il fit un beau salut au corps nu de Marguerite et à M. de Bréot, qui enfilait prestement ses caleçons ; puis, sans se déconcerter, il s'assit sur une chaise qui se trouvait là et, après un moment de silence, s'adressa à M. de Bréot. Celui-ci prenait son parti de l'aventure en pensant qu'après tout, aux fêtes de Verduron, M. de Bercaillé l'avait bien reçu, lui aussi, de son lit où il était couché avec une petite servante rousse, et que les besoins de la nature sont égaux chez tous ; aussi ne se put-il empêcher de rire quand M. de Bercaillé lui dit :

– Eh quoi, monsieur, vous en êtes toujours à cela, et le goût ne vous a pas encore passé de ces gamineries, – et M. de Bercaillé indiquait du doigt ce que la belle luthière cherchait à cacher de son mieux au visiteur indiscret.

– Il est vrai, – reprit aimablement M. Floreau de Bercaillé, – que, si vous avez encore le cœur à ces amusements, je ne peux qu'applaudir à votre choix. Cette jeune femme, dont je ne vois pas le visage, semble de fort bonne apparence. J'ai rarement admiré peau plus fraîche, encore que, et j'en sais quelque chose, les plus beaux fruits ne soient pas sans danger... Enfin, monsieur, si j'ai à vous complimenter, j'ai aussi à m'excuser de mon entrée un peu brusque. Je vous ai peut-être interrompu en un point où l'on n'aime pas rester ; mais je vous conjure, monsieur, de passer outre à ma présence. J'ai trop de graves sujets à quoi réfléchir en attendant pour que votre vue me puisse troubler. Ainsi donc, monsieur, faites comme si je n'y étais point et, quand vous aurez fait, je vous dirai le sujet de ma visite.

M. de Bercaillé posa sur la table son large chapeau. Voyant que M. de Bréot ne paraissait nullement en humeur de rien d'autre que de l'écouter, il ajouta :

– Il faut, monsieur, que vous me prêtiez quinze écus !

M. de Bréot fit le geste de chercher dans ses poches, car il avait oublié le costume où il était.

– Quinze écus ! oui, monsieur, – continua M. de Bercaillé, – et je vous assure que ce n'est point pour les aller boire au cabaret, ni même pour m'acheter quelque fantaisie. J'ai renoncé à bien des choses depuis que vous m'avez vu et je ne suis plus guère dans les idées où vous m'avez connu, mais encore, monsieur, faut-il manger, car l'homme vit aussi de pain et non seulement des paroles tombées de la bouche de Dieu.

Et M. de Bercaillé poussa un long soupir du fond de son estomac creux.

– Vous vous étonnez, monsieur, de me voir en cet état, – reprit M. Floreau de Bercaillé, – non que mon manque d'argent ait de quoi vous surprendre, car c'est l'usage des poètes de n'être pas fortunés, mais ce qui doit davantage vous paraître singulier, c'est de ne me plus trouver ce beau feu pour l'impiété, qui me faisait jadis ne jamais prononcer le nom de Dieu sans aussitôt l'accompagner de ces railleries qui plaisaient tant à monsieur le prince de Thuines et qu'on se répétait à l'oreille. Ce fut en ces habitudes que vous me rencontrâtes, l'an dernier, à cette petite auberge où je fus heureux de reconnaître en vous quelqu'un qui, s'il s'exprimait autrement, pensait à peu près comme moi sur le fond des choses.

Ces paroles de M. de Bercaillé firent sourire M. de Bréot. Elles lui rappelaient à l'esprit les suites de cette rencontre avec M. de Bercaillé. Il lui devait beaucoup et en particulier d'avoir connu madame la marquise de Preignelay et, chez elle, aux fêtes du Verduron, d'avoir conversé avec M. Le Varlon de Verrigny et vu danser madame de Blionne ? Certes le corps de la jeune femme qui reposait là sur le drap et qu'y caressait de la main pour lui faire prendre patience était doux, bien fait, et bel à voir. Il s'en apercevait aux regards que lançait à la dérobée M. Floreau de Bercaillé. M. de Bréot appréciait le plaisir d'en disposer à son gré, mais il savait bien que, lorsque la jolie Marguerite l'aurait vêtu d'étoffes et ajusté à l'ordinaire, il n'y penserait plus un moment après. M. de Bréot avait éprouvé, souvent déjà, le facile oubli qu'il faisait de sa maîtresse. Il se prenait alors à songer avec vivacité à un autre corps que le sien. Il lui était apparu, celui-là, comme nu, un instant, sous la transparence argentée de ses atours, tout animé de musique et de lumière, dans une sorte de rêve enchanté et dansant. Et le souvenir de madame de Blionne lui revint si net et si aigu qu'il en ferma les yeux et qu'il dut faire effort pour répondre aux paroles de M. Floreau de Bercaillé.

– En effet, monsieur, votre changement a de quoi surprendre, mais il me semble cependant qu'il commençait un peu quand j'allai vous voir pour vous prier de vouloir bien enseigner à monsieur Le Varlon de Verrigny ces façons de penser dont vous êtes à présent si éloigné. Déjà le métier d'impie, comme vous dites, vous paraissait moins bon et vous m'aviez laissé entendre que vous seriez tout aussi capable qu'un autre, après tout, de croire en Dieu. Et si, vraiment, vous avez pris ce parti, je serais curieux de savoir de vous-même comment s'est fait en vous ce que je ne m'attendais tout de même pas qui s'y fît.

– Ma foi, monsieur, – répondit modestement M. Floreau de Bercaillé, – je vais tout vous dire, et par le menu, pourvu que cette belle dame consente à rentrer sous les draps, car sa vue commence à m'émouvoir et...

Marguerite Géraud, tout en se tenant le visage soigneusement caché, ramena, avec l'aide de M. de Bréot, la toile sur le reste de son corps. M. Floreau de Bercaillé en parut content et continua en ces termes :

– Vous saurez donc, monsieur, que certains événements dont je ne vous parlerai point me nuisirent fort auprès de certaines personnes. On nous passe tout sur nos plaisirs, mais on n'aime point que nous nous occupions des plaisirs des autres et on donne alors à notre complaisance un nom que vous n'ignorez pas. L'affaire de monsieur Le Varlon de Verrigny me fit tort dans le monde. Si j'avais gardé pour moi cette petite Annette Courboin tout aurait été pour le mieux... Enfin... Ajoutez à cela que la bourse de madame la marquise de Preignelay se serrait de plus en plus. Elle accordait petit accueil à mes compositions. Elle déclarait que j'avais l'imagination usée, que j'avais perdu ce feu qui donnait leur lumière à mes écrits. Il est vrai que ma verve s'était fort desséchée.

D'ordinaire, j'empruntais à d'humbles mortels les traits dont je parais mes déesses, et la misérable condition où m'avait réduit cette petite servante du Verduron m'empêchait de réchauffer mon esprit à son aliment habituel. Me voici donc dans mon grenier, tout seul, entre mon encrier à sec et mon pot de tisane. Ma santé ne me permettait plus le cabaret. Adieu les lampées de vin, les pipes de tabac et l'omelette au lard et toute cette débauche où consiste le privilège et comme l'enseigne même des libertins. De l'impiété, il ne me restait que l'impiété elle-même. Qu'est-ce donc qu'un impie qui se couche avec les poules et qui se lève au chant du coq, qui ne s'abandonne ni au péché de la chair, ni à celui de la gueule et qui vit comme le premier pauvre diable venu ? La belle chose, vraiment, que de ne point croire en Dieu, si cela ne s'accompagne pas de toutes les facilités dont les autres se privent dans l'attente d'une seconde vie qui les paiera au centuple de leur contrainte en celle-ci ! C'est une duperie, monsieur, et je me résolus à ne pas être dupe plus longtemps et à sauter le pas, pour de bon !

M. Floreau de Bercaillé fit la mine de quelqu'un qui vient de passer le ruisseau. Il continua :

— Je vous avouerai que je comptais sur ma conversion pour renouveler mon éclat dans le monde. Il me semblait qu'elle devait m'assurer tous les cœurs et me valoir une bienveillance universelle. Ce retour à Dieu ne donnait-il pas à la religion un appui qu'elle ne manquerait pas de me rendre. Quoi de plus propre à augmenter la considération où l'on tient une croyance que de voir revenir à elle quelqu'un qui s'en est jusqu'alors passé si bruyamment ? Telles étaient mes idées, monsieur, d'autant plus que ma conversion ne serait pas l'effet d'un de ces coups de la grâce à quoi personne ne peut sans vanité s'attendre pour soi, mais un mouvement raisonnable et mesuré que chacun a, pour ainsi dire, à sa portée ; non pas un de ces entraînements dont on n'est pas maître, mais une pente certaine et sérieuse comme on peut s'en imposer une tout homme de bonne volonté.

M. de Bercaillé se tut un instant.

– Vous vous attendez, monsieur, – reprit-il en ricanant, – à ce que je vous fasse un tableau des difficultés que j'ai éprouvées vis-à-vis de moi-même pour en venir où je suis ! Vous imaginez des combats où j'eus à déraciner en moi les longues racines de l'impiété et la souche tenace des pensées où j'étais accoutumé ! Vous voudriez des examens, des élans, des rechutes, des pénitences, des sueurs, tout ce qui est d'usage en pareil cas ! Eh bien, monsieur, détrompez-vous. Rien de si aisé et de si facile et je ne doute pas, quand le jour viendra, que vous ne vous en aperceviez comme moi.

M. de Bercaillé s'arrêta. Marguerite Géraud commençait à s'impatienter sous la toile. Elle fit un mouvement qui découvrit une de ses jambes. M. de Bercaillé reprit :

– C'est comme j'ai l'honneur de vous le dire, seulement, le moment venu, ne vous avisez pas de raisonner et de conclure. Les raisons de croire et de ne pas croire sont parfaitement égales. Nous avions les nôtres d'être impies, comme d'autres ont les leurs de ne point l'être. Elles se valent, monsieur, et le tout est de choisir entre elles, sans trop y regarder. Croire en Dieu, monsieur, n'est guère autre chose que gober une de ces pilules dont on a soin de ne pas discuter ni goûter la substance et dont on se contente d'attendre un heureux effet.

Et M. de Bercaillé fit du gosier le mouvement d'avaler quelque chose d'un peu gros, ce qui fit remonter dans son cou maigre la bosse de sa pomme d'Adam.

– Ne riez pas, monsieur, – reprit M. Floreau de Bercaillé, – car j'entendis faire les choses pour de bon et je me résolus d'accompagner ma conversion de toutes les marques qui pouvaient montrer qu'elle était entière et de bon aloi. Je commençai par modifier mes façons de parler. C'est aux paroles, plus peut-être qu'aux actes, qu'on nous juge. Je renonçai à ce langage vif et cru auquel j'étais habitué et j'y substituai je ne sais quoi d'onctueux, de posé et de convaincu. Je me présentai partout avec la plus grande décence ; je fréquentai les églises, j'assistai aux sermons et aux processions. J'abusai des sacrements. Je fis, monsieur, des excès de Sainte-Table. Je composai des hymnes et des cantiques. Je portai les plus beaux à madame la marquise de Preignelay. Elle les écouta d'une oreille distraite, les loua fort et ne me donna pas un écu. Partout, il en fut de même, et voilà pourquoi je suis venu à vous dans l'espoir que vous me feriez meilleur accueil.

M. Floreau de Bercaillé resta un instant en rêverie. Marguerite Géraud en profita pour passer le nez au-dessus du drap et voir quelle mine avait cet importun visiteur. M. de Bercaillé ne triomphait guère. Son teint, que le vin ne soutenait plus, était fort décoloré. Il semblait piteux et mal en point, et sa naturelle odeur de bouc se mêlait à un petit parfum de sacristie. Cependant, il demeurait en silence, quand tout à coup, il s'écria :

– Les bons chrétiens, monsieur, sont de singulières gens. Les uns jugent si naturel qu'on se remette à penser comme eux qu'ils n'y voient aucune espèce de mérite, ni rien qui vaille leur considération, d'autres trouveraient au contraire plutôt un certain caractère d'offense à ce qu'on cesse de penser différemment qu'eux. L'impiété est bien assez bonne pour autrui. Je vous jure que ceux-là tenaient ma conversion comme une familiarité assez déplacée. Ils la jugeaient comme une sorte d'effort insolent pour m'égaler à eux et n'étaient point insensibles à cette audace. Quelques-uns enfin, monsieur, n'aiment point à voir diminuer le nombre des impies ; n'est-ce point là un troupeau galeux, désigné d'avance aux colères de Dieu. L'occupation, au jour du jugement, de le bien châtier détournera la justice divine de trop examiner le cas des pécheurs ordinaires qui, à cause de cet encombrement, s'en tireront à meilleur marché. De telle façon, monsieur, que j'ai vu tout le monde s'éloigner de moi, et que c'est à un impie comme vous que je suis réduit à m'adresser.

M. de Bréot était fort disposé à soulager la peine du pauvre Floreau de Bercaillé, mais avant d'en finir, il lui demanda pourquoi, n'ayant pas trouvé dans la religion ce qu'il en attendait, il n'en revenait pas d'où il était parti. M. de Bercaillé secoua les épaules avec découragement, puis il rougit brusquement et se leva en frappant la table du poing.

– Vous n'y pensez pas, monsieur, ils seraient trop contents et en tireraient trop d'orgueil ! Quoi donc, pour croire une fois en Dieu, il faudrait y avoir cru toujours ? Vous voudriez qu'un Floreau de Bercaillé en eût le démenti et s'avouât incapable de ce qu'il a entrepris. Non, je serai sauvé malgré eux et quoi qu'ils en disent, et je leur prouverai que cela n'est point si difficile qu'ils le prétendent. La belle mine que fera la bonne madame de Preignelay en me voyant arriver là-haut, et en habit d'ermite encore, monsieur, car tel est l'état que je vais embrasser. On m'a parlé d'un petit ermitage, non loin de cette auberge où nous nous sommes rencontrés. Le dernier ermite est parti avec cette petite servante qui nous versait du vin doux, si vous vous en souvenez. Je vais prendre sa place. La cabane est fort propre et à l'orée de la forêt. Le pays est assez fréquenté pour qu'on y vive commodément. Les paysans sont pieux et les voyageurs charitables. C'est là où je vais me retirer. Je laisserai croître ma barbe. Je trouverai bien chez le vieux Courboin de quoi me nipper. C'est à cela que serviront les écus que vous m'allez donner, et je ne doute pas qu'un jour peut-être vous ne veniez me retrouver là, car l'impiété n'a qu'un temps et on se lasse de tout, même des belles filles comme celle que vous avez là sous la main. Sur quoi, je vous laisse à vos affaires et je vais aux miennes, car, quand on s'est mêlé, monsieur, de croire en Dieu, il faut en avoir le dernier mot.

Et M. Floreau de Bercaillé, ayant empoché les écus que lui tendait M. de Bréot, s'en alla sans refermer la porte, tandis que, derrière lui, la belle Marguerite Géraud, debout toute nue sur le lit, figurait assez bien ces Tentations qui apparaissent aux bons ermites, dans les bambochades des Flandres.

VIII

COMMENT M. LE VARLON DE VERRIGNY FIT BELLE ET INUTILE PÉNITENCE ET DU BON CONSEIL QUE LUI DONNA LE BON M. DE LA BÉGISSIÈRE.

M. Le Varlon de Verrigny, dans son carrosse qui le conduisait du taudis de la petite Annette Courboin au monastère de Port-Royal-des-Champs, préparait une fort belle harangue. Il comptait l'adresser à sa sœur, la Mère Julie-Angélique Le Varlon, quand elle paraîtrait à la grille du parloir. Durant le trajet sur la route nocturne où ses chevaux battaient le pavé et que la lune éclairait de sa corne de lumière, il en avait longuement poli les périodes et il s'apprêtait à les débiter avec l'onction convenable. Le geste donne de la force aux paroles, et M. Le Varlon de Verrigny avait quelque prétention à augmenter la portée de ce qu'il disait par sa façon de la dire. La Mère Julie-Angélique apprendrait donc, en un langage dont elle ne manquerait pas de reconnaître le tour et la convenance, les raisons qui amenaient son frère, de si bon matin, dans une solitude d'où il formait le dessein de ne plus sortir et où il apportait moins les restes d'un pécheur que les commencements d'un saint. Et M. Le Varlon de Verrigny éprouvait quelque fierté de sa nouvelle condition.

Il avait le sentiment d'être à soi tout seul un spectacle et un spectacle non sans grandeur puisqu'il était l'effet d'une grâce particulière de Dieu. Certes le Seigneur permet bien quelquefois à ceux qu'il favorise de se retirer du péché, mais, le plus souvent, ils ne s'en éloignent que petit à petit et pour ainsi dire, pas à pas ; et il n'est donné qu'à bien peu d'en sortir d'un saut et tout d'un coup et de s'en trouver dehors avec autant d'éclat. La manière dont il s'était détaché de son ordure ne le mettait-il point, au regard des hommes, sur une sorte de pinacle, et ne présentait-il pas aux yeux un exemple admirable de la belle façon que l'on peut mettre à rompre en un jour ce qui a été la misérable habitude de toute sa vie ? Aussi, M. Le Varlon de Verrigny n'eut-il pas été étonné de voir se ranger aux deux côtés de la route les gens accourus pour jouir d'une vue aussi magnifique et aussi singulière que celle qu'il leur offrait en sa personne.

Il fut pourtant bien forcé de reconnaître que son passage ne produisait point les effets qu'il lui eût aisément imaginés. Le chemin restait désert. À mesure que le carrosse avançait, la lune déclinait et sa lueur diminuait de clarté. Les ténèbres qu'elle cessait d'éclairer semblaient se reformer, mais peu à peu, elles ne reprenaient pas toute leur ombre. Elles devenaient moins épaisses et déjà comme transparentes, et M. Le Varlon de Verrigny distinguait la forme des arbres et l'aspect des lieux. Ils étaient endormis et solitaires. Un petit village que le carrosse traversait montrait ses volets fermés et ses portes closes, et personne ne vint au seuil, pour voir, au bon pas de ses chevaux, M. Le Varlon de Verrigny s'en aller vers Dieu ; si bien que M. Le Varlon de Verrigny, qui avait mis la tête à la portière, se renfonça avec quelque humeur dans les coussins et se reprit à ajuster les périodes de son discours et à en achever l'éloquente perfection.

Cependant le petit jour commençait à poindre et l'on approchait de Port-Royal. M. Le Varlon avait hâte d'arriver. Enfin, il aperçut les bâtiments du monastère dans son vallon de solitude. Des coqs chantaient. Une cloche tintait doucement. Un chien aboya le carrosse arrêté, et M. Le Varlon de Verrigny, descendu du marchepied, sonna délibérément à la porte. Une fois introduit, il demanda à être mené au parloir et qu'on fît venir au guichet la Mère Julie-Angélique.

M. Le Varlon de Verrigny, demeuré seul, regarda avec assurance autour de lui. Il connaissait bien ce pieux endroit, et, d'ordinaire, il n'y pénétrait point sans quelque terreur. Ces murs nus lui semblaient d'habitude redoutables et cette grille lui paraissait dangereuse. Que de fois n'y avait-il pas subi les semonces de la Mère Julie-Angélique et vu son visage jaune y jaunir encore davantage de colère et de dégoût ! Que de fois la Mère Julie-Angélique ne l'avait-elle pas averti à cette même place qu'il courait à l'abîme, et que celui où il tomberait était plein de boue et de feu. Alors il courbait le dos, mais, aujourd'hui ! Aussi arpentait-il le parloir et en frappait-il le pavage du talon, en même temps qu'il en essayait l'écho à petite voix pour être certain que sa harangue y retentirait avec avantage jusqu'aux oreilles de la Mère Julie-Angélique. La Mère n'en croirait pas son ouïe d'une nouvelle si inattendue et si heureuse dont le miracle, même en en rapportant à Dieu tout l'honneur, ne manquerait pas de valoir quelque considération à celui qui se montrait le sujet d'une grâce si marquée et si imprévue.

Comme les grands orateurs, modèles constants, M. Le Varlon de Verrigny, allait droit au fait, aussi la Mère Julie-Angélique, dès qu'elle eut paru à la grille, sut-elle de suite de quoi il s'agissait. M. Le Varlon de Verrigny entamait les considérations qui s'y rapportaient, quand il s'entendit interrompre le plus sèchement du monde et dire que le lieu où il voulait entrer n'était point une étable de boucs, mais un bercail de brebis et qu'on ne s'y présentait pas ainsi tout souillé encore de l'ordure du péché, mais épuré déjà par la pénitence ; que c'était une réunion de pieuses gens, assemblés là pour vivre en Dieu, et non un ramassis de pêcheurs et qu'il fallait s'assurer d'abord que ces messieurs consentissent à recevoir pour l'un des leurs quelqu'un d'une sorte à leur causer quelque dégoût et qui n'avait pour garanties de son propos aucune de ces œuvres qui en prouvent la sincérité. La Mère Julie-Angélique ajouta encore maintes duretés et elle finit par engager M. Le Varlon de Verrigny à se tenir ici, bien tranquille, tandis qu'elle s'occuperait de savoir s'il y avait lieu d'accueillir sa demande ou de le renvoyer à ceux qui s'acquittent des gros ouvrages de la pénitence et vous blanchissent un homme à coups de sacrements.

M. Le Varlon de Verrigny fut abasourdi. Il pensait à des portes ouvertes toutes grandes devant lui et qu'on le recevrait avec des démonstrations de joie, et voilà qu'il se trouvait dans une salle solitaire, aux murs nus, meublée seulement de quelques bancs de bois, et plus dans la posture d'un valet qui sollicite une place que dans la situation qui lui semblait devoir être celle d'un pécheur illustre et repentant. Cependant, comme il se sentait prêt à en passer par où il faudrait, il s'assit sur l'un des bancs et se mit à réfléchir.

Ses pensées ne laissaient pas d'être anxieuses, car le pauvre M. Le Varlon de Verrigny s'inquiétait tout bas de quelles pénitences on lui réservait. Les épaules lui démangeaient déjà, comme aux coups de la discipline, et le corps lui grattait, comme aux pointes d'un cilice. Ces bancs de bois n'annonçaient rien de bon. Dans quelle basse-fosse l'allait-on conduire ? Il imaginait la paille, la cruche d'eau, le soupirail et la tête de mort. Que lui donnerait-on à manger ? Sans être gourmand, il ne dédaignait pas une chère abondante et qui soutînt ses forces. Il commençait du reste à avoir faim et personne ne se montrait. Évidemment on discutait son cas, et il se demandait s'il ne vaudrait peut-être pas mieux qu'on lui refusât l'accès de cette pieuse retraite et qu'il allât tout bonnement confesser ses turpitudes au curé de sa paroisse ; mais d'autre part la peur de l'enfer le tracassait. Il avait véritablement vu le visage du Diable sur celui de cette petite fille et il se sentait très véritablement enclin à changer de vie. Encore fallait-il qu'on l'y aidât au lieu de le planter là à se morfondre dans une attente qui ne faisait point mine de finir.

Parfois, M. Le Varlon de Verrigny se levait d'impatience et parcourait le parloir. Il était maintenant plus de midi. Ces longueurs étaient sans doute une première pénitence et une première épreuve et il se résolut à s'y soumettre. Il s'étendit sur le banc de bois et se disposa à faire un somme. Il aurait sans doute bien d'autres rigueurs à supporter et il était sage de s'y préparer tant bien que mal...

M. Le Varlon de Verrigny fut tiré de son sommeil par une main qui le secouait assez rudement et par une voix qui lui disait :

— Allons, monsieur, venez-vous-en, que je vous montre votre chambre.

Le personnage qui parlait ainsi et qui se tenait debout devant M. Le Varlon de Verrigny était de taille épaisse et de visage commun. Des rides sillonnaient sa figure pleine de rouge, aux yeux petits et vifs, à la bouche large et édentée. Ses cheveux, coupés court, grisonnaient. Ses grosses mains étaient velues et fortement veinées. Il portait un vêtement de couleur sombre et des sabots. Il avait l'air, en même temps rustique et pieux, d'un garçon de ferme et d'un bedeau. M. Le Varlon de Verrigny le regarda. C'était sans doute quelque domestique chargé de lui montrer le chemin, et M. Le Varlon se leva pour le suivre, du banc où il était étendu et dont la dureté l'avait fort courbaturé. Le bonhomme en le voyant s'étirer se mit à rire :

— Ma foi, on dirait, monsieur, que vous avez l'habitude d'un lit plus douillet.

M. Le Varlon de Verrigny n'était point familier et, en toute autre occasion, il eût rabroué le drôle qui s'avisait de le plaisanter, mais ce bonhomme était sans doute aussi un saint homme et il est des lieux où le plus humble, s'il est pieux, a l'avantage sur le pécheur.

En sortant du parloir, M. Le Varlon de Verrigny traversa plusieurs cours désertes. Enfin, il déboucha sur un jardin assez vaste, entouré de hauts murs et disposé en carrés de potager. On y voyait des arbres fruitiers, en plein vent ou en treille. Comme on était sur la fin de l'automne, ils commençaient à perdre leurs feuilles jaunissantes. Le bonhomme qui conduisait M. Le Varlon de Verrigny se baissait pour ramasser une pomme tombée ou pour toucher à la branche quelque poire tardive. Ses semelles criaient sur le gravier de l'allée. M. Le Varlon de Verrigny pensait avec un soupir aux prunes tièdes et juteuses qu'il avait mangées en compagnie de M. de Bréot, dans le carrosse où ils revenaient du Verduron ; puis, avec un soupir plus profond, il songea au fruit trop vert que lui avait si fâcheusement conseillé M. Floreau de Bercaillé. Sans doute que M. de Bréot s'occupait à publier la retraite de M. Le Varlon de Verrigny et celui-ci en ressentit un certain contentement. Ceux qui l'apprenaient le devaient imaginer déjà à genoux sur la dalle et en train de chanter des psaumes, tandis qu'il n'en était encore qu'à traverser tout bonnement des carrés de légumes, à la suite d'un bonhomme à gros sabots.

Cependant, on arrivait à une sorte de bâtiment assez propre où le guide de M. Le Varlon de Verrigny le pria d'entrer. Il s'était déchaussé au seuil et marchait sans bruit sur le sol carrelé du vestibule. La simplicité de la maison et ses murs peints à la chaux présentaient un aspect de fraîcheur agréable. L'escalier à rampe de bois aboutissait à un long corridor où s'ouvraient des portes toutes pareilles. Sur chacune, un nom était écrit, et M. Le Varlon de Verrigny put lire le sien sur l'une d'elles, avant de pénétrer dans une petite chambre fort blanche, meublée d'un lit à paillasse, d'une chaise et d'une table de bois.

Deux plats couverts y reposaient avec un pain. Cette vue causa un grand plaisir à M. Le Varlon de Verrigny. Il avait faim.

– Voilà de quoi vous soutenir, monsieur, – lui dit le bonhomme désaboté, en découvrant une grosse soupe et un bouilli de légumes, – si vous voulez bien en prendre ce qu'il vous faudra, j'attendrai que vous ayez fini pour vous dire ce que j'ai à vous dire.

Et tandis qu'il montrait à M. Le Varlon de Verrigny l'unique chaise du lieu, il s'assit sans façon sur le rebord du lit.

M. Le Varlon de Verrigny avalait à grandes cuillères son maigre potage, puis il s'attaqua aux légumes. Il fit la grimace en les trouvant fades et mal cuits.

– Eh ! eh ! monsieur, il me semble que votre pitance ne vous paraît guère bonne, mais vous vous y habituerez. La médiocrité de ces légumes leur vient de la façon dont ils ont été accommodés, car ils n'avaient pas mauvaise mine sur la plate-bande. Je les connais, c'est moi qui les soigne. J'aime à jardiner, monsieur, et on veut bien ici me laisser le soin de faire pousser ce que je veux. C'est une faveur dont je suis indigne et, si j'étais raisonnable, j'emploierais bien plutôt ma bêche à creuser un trou pour y enfouir ma carcasse pourrie qu'à remuer la terre pour la forcer à produire de quoi nourrir la matière misérable qui me compose et qui ne mérite guère d'être entretenue en vie et marchandée aux vers qui en auront la pâture : mais il faut attendre ici-bas l'heure de Dieu. C'est pour cela que je me suis retiré ici, car avant d'y venir j'ai suivi les voies de ce monde, et, comme j'ai vu qu'elles me conduisaient à courir les plus grands dangers dans l'autre, j'ai pris le parti où vous me voyez et, c'est ainsi, monsieur, que monsieur de La Bégissière a eu l'honneur d'assister à votre premier repas parmi nous et à vos premiers pas dans la pénitence.

Et M. de La Bégissière se mit à rire de toute sa figure rose sous ses cheveux gris.

M. de La Bégissière avait pris du service à quinze ans et n'avait eu d'autre occupation que de se trouver partout où l'on se battait, de sorte qu'à cinquante ans il avait accompli plusieurs fois toutes les actions que comporte la guerre. Or, s'il en est d'utiles et d'héroïques, il n'en manque point non plus de coupables et de mauvaises et c'étaient celles-là qui avaient, à un certain moment, semblé à M. de La Bégissière mériter la peine de changer sa façon de vivre. Touché par la grâce, il se retira à Port-Royal pour y expier le tort d'avoir été un homme. Sa conversion, oubliée maintenant, avait fait jadis quelque bruit. M. de La Bégissière s'était oublié aussi. Il menait une vie obscure et rustique. Quelquefois, cependant, le bel alignement d'un parterre lui rappelait l'ordonnance des troupes. Il maniait sa bêche comme pour creuser une tranchée. La rondeur d'un fruit imitait à ses yeux la forme d'une bombe ou d'un boulet. L'arrosoir sonnait comme une cuirasse heurtée, mais il passait vite sur tout cela et en revenait à ses pensées ordinaires où se mêlaient la bonté de Dieu et la culture des légumes.

– Oui, monsieur, – disait M. de La Bégissière à M. Le Varlon de Verrigny, pendant que celui-ci mâchait avec peine quelques fèves coriaces, – j'ai connu le monde et j'en suis sorti pour n'y point rentrer. Je n'en ai conservé d'ailleurs aucun regret. Ce qui nous y paraissait le plus nécessaire s'oublie vite dans le calme de la solitude. Ne croyez pas pourtant qu'on y soit oisif et désœuvré. Bien loin de là ! Ce n'est point tout que d'y cultiver la terre à la sueur de son front et à la peine de ses bras, il y faut aussi cultiver son âme et son esprit, les sarcler des herbes mauvaises, les ensemencer de graines pieuses, les arroser de prières et leur faire produire des fruits sains et méritoires, qui tomberont mûrs de la branche dans la corbeille de notre salut, à l'heure de la suprême récolte. Ah ! que je voudrais vous enseigner ce double jardinage, car on m'a confié le soin, aux premiers temps de votre séjour ici, de vous aider de mes conseils. D'ailleurs, je dois vous dire que je ne suis pas seul en cette charge et que monsieur Ravaut vous aidera mieux que moi de ses lumières. Et tenez, le voici justement qui vient se présenter à vous et vous donner le bonjour.

La porte ouverte laissait passer en effet un petit homme noir, sec et minable, avec une calotte ronde sur la tête et qui parlait bas. Il salua M. Le Varlon de Verrigny, qui s'inclina également devant lui et dut prêter l'oreille à ses paroles, tant M. Ravaut s'exprimait d'une voix faible et menue.

– Puisque vous voici des nôtres, monsieur, disposez de nous à votre gré. Dieu est ici pour tous, et nous serons heureux si nous pouvons vous être utiles à entrer avec lui en cet entretien de tous les instants qui est le charme et la récompense de notre solitude. Le temps vous y semblera court si vous le savez employer comme il sied. Monsieur de La Bégissière a dû vous recommander le travail du corps, mais j'ajouterai qu'il ne va pas sans celui de l'esprit. Il les faut alterner, et monsieur de La Bégissière vous en donnera l'exemple tout le premier, car s'il s'entend à manier la bêche, il n'en excelle pas moins à tenir la plume et il compose de petites fables édifiantes et potagères dont quelques-unes sont des modèles de bon sens et de piété.

M. de La Bégissière rougit de plaisir à ce compliment et M. Ravaut continua à voix plus basse encore :

– Quant à moi, monsieur de La Bégissière vous a peut-être dit que je m'occupais à traduire et à commenter certains passages de l'Écriture et certains ouvrages des Pères de l'Église, mais j'ai aussi mes heures manuelles. Je vais au puits, chaque jour, et j'y tire de l'eau. Il m'a semblé que cette besogne convenait à quelqu'un qui recherche la vérité et en offrait comme l'image familière. J'espère fermement que vous ferez deux parts de votre temps, une pour le travail, l'autre pour l'étude, et que, si monsieur de La Bégissière se charge de l'un, vous me permettrez de vous guider dans l'autre. Pour le reste, monsieur, votre journée appartiendra à la prière. Là, nul ne peut vous aider. Dieu, seul, dispense ses grâces. Je vous les souhaite abondantes. Sur ce, monsieur de La Bégissière, laissons monsieur Le Varlon de Verrigny à ses pensées. Il a sans doute à réfléchir et il a besoin d'être seul.

Là-dessus M. de La Bégissière et M. Ravaut saluèrent M. Le Varlon de Verrigny. Resté seul, il écouta leurs pas, ceux de M. de La Bégissière lourds et mats, ceux de M. Ravaut secs et légers. L'un avait rempli la chambre d'une odeur de paperasse et d'encre...

La journée ne se passa point sans que M. Le Varlon de Verrigny revît la Mère Julie-Angélique. Elle le reçut de nouveau au parloir. M. Le Varlon de Verrigny s'attendait à des exhortations pieuses, il n'en fut rien. La mère Julie-Angélique voulait seulement que son frère réglât avant tout ses affaires terrestres. Elle lui exposa une suite de mesures à prendre en ce sens et se fit donner pouvoir de les exécuter ; et M. Le Varlon rentra dans sa petite chambre après avoir délégué à sa sœur l'administration et la disposition de ses biens. Des personnes sûres devaient en employer les revenus à des œuvres pies, lui n'ayant plus besoin de rien en ce monde que la miséricorde de Dieu.

M. Le Varlon de Verrigny réfléchissait à sa nouvelle situation, quand un petit valet entra avec un plateau. C'était le même potage et les mêmes légumes que l'après-midi, mais M. de La Bégissière n'était plus là pour les assaisonner de ses discours. La nuit était venue. Une chandelle fumeuse éclairait la chambre. M. Le Varlon de Verrigny se sentait mal à l'aise. Cependant, il se mit à manger et alla jusqu'au fond des plats. Il fallait bien soutenir ce corps misérable à qui il devait d'être au fond d'une campagne déserte, assis sur une chaise boiteuse, devant une chandelle qui se consumait et qui bientôt le laisserait dans les ténèbres et le silence d'un lieu perdu et solitaire, et en proie peut-être aux tentations du Démon, car le Malin est aussi le Nocturne, et l'ombre n'est pas sûre au pécheur.

C'est en ces pensées que M. Le Varlon de Verrigny se disposait à se mettre au lit, quand il entendit marcher dans le corridor. Il prêta l'oreille et reconnut le pas sec et pressé de M. Ravaut. M. Ravaut occupait une cellule à droite de celle de M. Le Varlon de Verrigny. Un autre pas retentit dans le corridor. Lourd et épais, il annonçait M. de La Bégissière. Du bout de ses sabots, qu'il tenait à la main, il frappa à la porte. M. de La Bégissière arrivait du jardin où il allait faire un tour avant de se coucher. Il s'assit sur la chaise et souffla dans ses doigts.

— Ma foi, monsieur, le temps passe sans en avoir l'air et nous voici à l'automne. Il y a du brouillard ce soir et la terre est humide. Demain, si vous le voulez bien, je vous montrerai votre ouvrage, car vous n'êtes point venu ici, je pense, pour faire l'oisif et le paresseux. Allons bonne nuit, et tâchez de dormir en paix. Si le Diable vous tourmente vous n'avez qu'à frapper au mur. J'ai le sommeil léger et je serai vite debout. Je me mettrai en prières à votre intention pour vous aider à repousser le mauvais esprit. Si cela ne suffisait pas, vous n'avez qu'à éveiller aussi monsieur Ravaut, qui couche à côté de vous, et à nous trois, monsieur, nous arriverons bien à quelque chose.

M. Le Varlon de Verrigny ne vit pas partir sans inquiétude M. de La Bégissière. Il se demandait avec anxiété si le Diable, dont il avait fui les formes séduisantes, n'allait pas lui apparaître sous quelque aspect épouvantable et répugnant, furieux d'avoir vu lui échapper d'une façon inattendue, une proie sur laquelle il devait compter. Aussi, sa chandelle arrivée au bout, demeura-t-il assez longtemps étendu les yeux ouverts, et il ne fallut rien moins pour le rassurer que le silence de la maison que troublait seul le ronflement rustique et guerrier du bon M. de La Bégissière où se mêlait parfois la petite toux brusque et réprimée de l'excellent M. Ravaut.

Il est probable, comme le disait à M. de Bréot, le soir de l'affaire de la petite Courboin, M. Le Varlon de Verrigny que celui-ci s'était entièrement vidé en elle de son péché, car il se sentait dans un état de tranquillité singulier et rien ne le vint troubler au milieu des occupations où se passèrent les premiers temps de son repos à Port-Royal. Il travaillait, priait et dormait avec une régularité parfaite. Il n'avait eu besoin de réveiller ni M. Ravaut, ni M. de La Bégissière. Il se levait le matin, l'esprit dispos et le corps alerte. Ces messieurs pourtant ne lui avaient pas caché que ce répit pouvait fort bien être une ruse du démon et qu'il fallait se préparer tout de même à le bien recevoir, s'il s'avisait de tenter quelque chose, et qu'il importait de se munir à cet effet de tous les secours que donne la religion.

M. Le Varlon de Verrigny n'y manquait pas, mais il commençait à se rassurer et à se croire quitte pour de bon de cette fâcheuse disposition au péché dont il avait guéri si merveilleusement. Certes, M. Le Varlon de Verrigny savait d'où lui venait cet heureux changement, et il ne cessait d'en remercier Dieu. Le Seigneur s'était chargé du plus gros, quant au reste, qui consistait à se maintenir en ce nouvel état, M. Le Varlon de Verrigny n'était pas assez vain pour s'en attribuer à soi-même le mérite. Il pensait plutôt que la sainteté du lieu en imposait au démon et que celui-ci n'avait guère envie de se hasarder en cette pieuse enceinte. Aussi avait-il pour cet endroit une considération particulière. Rien de plus beau et de plus admirable. Il en louait le site et les bâtiments. L'air même qu'on y respirait lui semblait doué d'une vertu non pareille.

Ce sentiment l'entretenait dans une humeur de gaieté et de contentement qui éclatait en ses paroles et se montrait sur son visage. Tout le détail de l'existence lui paraissait aisé et agréable et il en accomplissait les devoirs différents avec une allégresse et une complaisance étonnantes. Rien ne lui répugnait ni ne le lassait, ni la médiocrité de la table, ni la longueur des offices, ni la monotonie des journées. M. Le Varlon de Verrigny, véritablement le plus heureux des hommes, l'était avec un entrain et une jovialité extraordinaires, de telle sorte que le paradis commençait pour lui dès maintenant.

Le premier à se réveiller le matin, au point du jour, à l'appel du petit valet qui parcourait le corridor avec sa lanterne, en frappant de porte en porte, aussitôt il sautait pieds nus sur le carreau. Il s'habillait sans aucune aide et avec beaucoup d'adresse. Il devait, il est vrai, cette habitude au commerce des femmes. Il lui avait bien fallu se mettre nu à n'importe quelle heure du jour et retrouver ses vêtements dans le désordre où il les avait quittés pour être plus à l'aise. Et il remerciait Dieu d'avoir tourné à sa louange et à son service cette habitude d'un temps où il obéissait à son corps et où il pensait peu à son âme. Il éprouvait quelque consolation à songer que ses déportements passés lui avaient au moins appris à savoir ajuster ses bas et ses culottes et boutonner son justaucorps sans le secours de personne. Pas besoin qu'on lui tendît sa chemise et qu'on lui nouât sa cravate. Quant à sa perruque, il y avait renoncé. Il portait ses cheveux au naturel. Une fois prêt, il se chaussait de gros souliers et, après avoir prié Dieu, il commençait sa journée.

L'automne avait fini brusquement et on était tombé d'un seul coup en plein hiver. Le soleil se levait tard et se couchait tôt, mais il restait tout de même un certain nombre d'heures à occuper. M. Le Varlon de Verrigny, sur le conseil de M. de La Bégissière et de M. Ravaut, en avait réglé l'emploi une fois pour toutes et s'y conformait exactement. À la prière succédait le travail que les offices interrompaient. M. Le Varlon de Verrigny y assistait, sans y manquer, avec un grand sentiment de piété et de foi et avec le maintien le plus édifiant. Il aimait à mêler sa voix à celle de l'assistance, et, comme il l'avait forte, il en reconnaissait le timbre parmi celles à qui il l'unissait. Il ressentait ainsi l'impression d'être entendu de Dieu mieux que les autres. Le Seigneur du reste ne pouvait point ne pas s'apercevoir que M. Le Varlon de Verrigny chantait ses louanges et faisait de son mieux pour les faire retentir jusqu'à l'oreille suprême, ce qui parfois le laissait, à l'issue du service, enroué et si en sueur qu'il sortait de lui une vapeur qui était comme un encens d'une nouvelle sorte.

C'est ainsi, et encore tout essoufflé des psaumes et des répons, qu'il se rendait dans la cellule où l'attendait M. Ravaut. M. Ravaut traduisait et commentait les Livres Saints, mais sa traduction était plus exacte qu'harmonieuse et son commentaire plus substantiel qu'élégant. M. Le Varlon de Verrigny lui fut d'un grand secours. L'habitude du beau langage apprend à connaître le choix des mots et des tours. M. Le Varlon revoyait à ce point de vue les savantes besognes de M. Ravaut. Il leur donnait un poli et un agrément qui leur manquaient, et M. Ravaut était enchanté de voir les saints textes prendre une forme parfaite et brillante, et les réflexions qu'il en tirait se présentaient à lui non plus en amas confus, mais dans un ordre admirable. Aussi M. Ravaut et M. Le Varlon de Verrigny s'entendaient-ils à merveille et il fallait que M. de La Bégissière vînt arracher M. Le Varlon à la plume et à l'encrier pour lui mettre la bêche à la main.

M. de La Bégissière s'était juré d'initier M. Le Varlon de Verrigny aux travaux du jardinage, mais la saison n'y était guère propice et il fallait attendre le printemps. Pour l'endurcir à la peine et le préparer au labeur, M. de La Bégissière l'emmenait au bois ramasser des branches mortes et assembler des fagots.

Rien n'était plus beau que de voir à l'œuvre le bonhomme La Bégissière. Ni la neige qui couvrait la terre, ni la gelée qui durcissait le sol, ni la boue où clapotaient ses sabots n'arrêtaient son zèle et ne rebutaient son ardeur. Aucune charge ne pesait trop lourd à ses épaules. M. Le Varlon de Verrigny se piquait d'émulation. Il voulait son fagot aussi gros que celui de M. de La Bégissière, de sorte qu'ils revenaient tous deux, chargés de branches, côte à côte, et parfois emmêlant leurs charges à ne pouvoir se dépêtrer. Et M. de La Bégissière ne déposait pas sa branchée sans répéter que c'était là autant de bois pris au brasier du Purgatoire et qui, au moins, ne leur rôtirait pas les côtes, quand il leur faudrait passer par sa flamme avant d'aller prendre leurs places au paradis.

M. Le Varlon de Verrigny riait fort à ce propos de M. de La Bégissière. Au fond, il espérait même se tirer du purgatoire. Justement pour cela, il travaillait avec M. Ravaut, chantait au chœur et ramassait du bois mort avec M. de La Bégissière. N'avait-il pas à cet effet renoncé au monde ? Sa conversion n'avait-elle pas été entière et complète. À ce sujet même il s'étonnait de la facilité avec laquelle il avait rompu les liens d'un péché qui lui avait été si ordinaire et si continu et qui lui avait tout à coup passé de l'esprit. Il se demandait même comment on peut rester attaché si longtemps à de misérables plaisirs dont il est si aisé de se priver et qui manquent si peu.

Il s'en ouvrit un jour à M. Ravaut. Le petit homme noir le regarda à travers ses besicles. Il était minable et chétif. L'idée que M. Ravaut eût jamais souffert du désir de la chair était singulière. Aussi répondit-il fort doucement à M. Le Varlon de Verrigny :

– Je n'ai jamais eu, monsieur, grand goût à ce qu'on appelle le plaisir et en particulier à celui que l'on prend avec les femmes, et leur société ne m'a jamais beaucoup troublé. Que voulez-vous que je m'intéresse à des personnes aussi vaines et dont presque pas une ne sait l'hébreu, le latin ou le grec et qui n'expriment en langue vulgaire que des pensées sans intérêt. Je n'ai donc guère de mérite à avoir évité leurs embûches, mais si je n'ai point connu cette tentation, le Démon ne m'en a pas épargné d'autres et vous ne doutez pas, monsieur, qu'elles n'aient été grandes puisque j'ai dû chercher contre elles l'abri de ce saint asile.

Et le bon M. Ravaut plongea sa plume dans l'encre comme on plonge ses doigts au bénitier. Il se rappelait de savantes discussions où il s'était laissé aller à la colère et à l'invective. Les gens d'étude apportent à la controverse une violence et un acharnement particulier, car si, comme chacun, ils croient à la vérité de ce qu'ils avancent, ils ont le sentiment que cette vérité est mieux fondée que celle des autres et, de même qu'ils ont mis toute leur patience à l'acquérir, ils mettent à l'imposer et à la défendre une ardeur qui leur fait plus d'une fois substituer l'injure à l'argument, de sorte qu'on les voit parfois, avec étonnement, soutenir les idées les plus délicates de la façon la plus grossière et par des moyens qui surprennent.

M. de La Bégissière, que M. Le Varlon de Verrigny consultait quelquefois sur ce même sujet, y répondait différemment :

— Tant mieux pour vous, monsieur, si le Diable vous épargne, quant à moi il m'arrive encore, malgré mon âge, de penser à ce que vous savez, et, vous-même, mon bon ami, prenez-y garde et redoutez quelque retour. Le feu des sens est sournois et nous ménage parfois de perfides étincelles. Heureusement que vous serez ici à l'abri des tentations, mais, si vous retourniez dans le monde, peut-être y risqueriez-vous plus que vous ne croyez.

M. Le Varlon de Verrigny hochait la tête et se mettait à rire. L'idée de retourner dans le monde lui paraissait fort plaisante. Qu'y ferait-il sans perruque et en gros souliers ! D'ailleurs il n'y avait jamais été aussi heureux que maintenant qu'il vivait dans la solitude. Il y éprouvait une sécurité et un allègement singuliers. Et il n'imaginait plus d'autre bonheur que de redresser les phrases de M. Ravaut et de porter son fagot, côte à côte avec M. de La Bégissière.

— Tant mieux, mon ami, tant mieux, — repartait ce dernier, — tenons-nous bien où nous sommes, car nous avons pris, croyez-m'en, le bon parti. Il est vrai même que, pour mon compte, j'ai quelque honte, presque, de l'avoir pris. Avouez que nous voici à l'écart et à l'abri du danger et qu'après tout c'est tricher un peu que de se ménager ainsi un état à part, au prix de quelques petits sacrifices et de quelques petites duretés envers nous-mêmes. Ne nous sommes-nous point donné un avantage qui parfois me paraît impertinent ? Ne serait-il point plus beau et plus généreux d'affronter les chances communes et de chercher à vivre en Dieu tout en continuant à vivre dans le monde ? Profitons donc du rempart que nous nous sommes fait et même ne nous y fions pas trop. Ah, mon ami, fortifions notre défense et que demain notre fagot soit rond et de bon poids pour qu'il nous serve au besoin d'une fascine à boucher la brèche et nous aide à repousser l'assaillant.

M. de La Bégissière n'avait pas que ses fagots et son jardinage pour se tenir l'âme en veille et en vigueur ; il y joignait nombre d'autres pratiques, dont les macérations et la discipline. À son exemple M. Le Varlon de Verrigny se décida d'en essayer. Maintenant que son salut lui paraissait assuré, il lui venait d'autres ambitions. Au lieu de se glisser humblement au paradis, pour ainsi dire par la chatière, pourquoi n'y entrerait-il pas à portes ouvertes, à la suite de ce bon M. de La Bégissière qui s'y présenterait, ses sabots à la main et son fagot sur le dos, dont le bois sec serait tout refleuri et plus vert que les palmes des bienheureux.

Cependant le bruit de la retraite et de la pénitence de M. Le Varlon de Verrigny se répandait dans Paris. On avait commencé par douter de leur durée, mais il fallut bien convenir que M. Le Varlon de Verrigny s'amendait pour de bon quand plusieurs mois se furent passés sans qu'on le revît. Madame la marquise de Preignelay déclara M. Le Varlon de l'étoffe dont on fait les saints. Madame du Tronquoy se montrait extrêmement fière d'avoir eu, dans la grotte du Verduron, les dernières offrandes d'un aussi pieux personnage, et elle eût volontiers demandé à madame de Preignelay de placer dans la rocaille une inscription relatant le détail de cette mémorable aventure, dont la fin avait été le sujet de toutes les conversations. Plusieurs personnes, quand la saison fut devenue meilleure, firent demander à M. Le Varlon de Verrigny la permission de le visiter en sa retraite, mais il leur fut répondu poliment qu'elles ne se dérangeassent pas, car sa vue n'avait rien qui méritât leur présence, et qu'elles ne trouveraient en lui qu'un pauvre homme occupé à fendre du bois ou à porter du fumier sur les plates-bandes d'un jardin.

Le jardin promettait, cette année-là, d'être l'orgueil du bon M. de La Bégissière et de le payer abondamment de ses peines. Le beau temps, venu tout à coup, semblait devoir durer et offrait les circonstances les plus favorables à une riche récolte de légumes et de fruits. Le ciel était doux, et, quand M. Le Varlon de Verrigny se rendait auprès de M. Bavant pour travailler avec lui, il trouvait ouverte la fenêtre de sa cellule où entrait une agréable odeur de feuilles et d'air qui se mêlait à celle des vieux livres. Elles composaient à elles deux je ne sais quelle influence bénigne qui provoquait l'honnête M. Ravaut à un petit sourire où se détendait sa face jaune et pâle. M. Ravaut d'ailleurs continuait d'être content de M. Le Varlon de Verrigny. Nul ne s'entendait décidément comme lui à mettre les mots dans un bel ordre et à donner aux phrases une sonorité avantageuse. M. Ravaut, pour lui-même, ne trouvait pas grande importance à ce qui lui paraissait, en somme, de vains agréments. Il n'était guère sensible, en ses travaux qu'à l'exactitude du sens et à la vérité de l'interprétation, mais il lui fallait reconnaître que bien écrire aide à être lu, et qu'on rebute le public, autant par l'obscurité des matières que l'on traite que par un style inégal et rocailleux. S'il ne se fût agi que de ses propres pensées, M. Ravaut eût été assez indifférent à ce qu'elles obtinssent plus ou moins d'audience, mais il s'agissait de la parole même de Dieu et il importait de la répandre au dehors et d'en pénétrer le siècle. Aussi ne devait-on rien négliger à cet effet, et la belle façon dont M. Le Varlon de Verrigny rendait aisés les passages les plus difficiles, et la manière dont il les savait éclaircir remplissaient d'admiration M. Ravaut et lui causaient un plaisir véritable. Il en avait conçu pour M. Le Varlon de Verrigny une sincère affection et il se réjouissait presque de l'événement qui lui avait amené dans la solitude un si précieux collaborateur. Aussi aurait-il voulu l'avoir continuellement auprès de lui et reprochait-il parfois à M. de La Bégissière de le lui enlever trop souvent et de le lui rendre si fumant de besogne terrestre que la sueur lui coulait du front jusque sur le papier.

– Ce n'est pas, – répétait M. Ravaut, – que je réprouve le moins du monde le travail manuel, j'en prends moi-même ma part en tirant chaque jour de l'eau du puits, mais, une fois mes douze seaux remontés, vous ne m'en feriez pas puiser un de plus, tandis que monsieur de La Bégissière abrégerait plutôt ses prières que de ne pas arroser ses petits pois ou de ne pas tailler ses poiriers.

M. de La Bégissière souriait doucement aux paroles de M. Ravaut tout en entraînant par la manche, vers le jardin, M. Le Varlon de Verrigny pour lui en montrer les progrès et la pousse. M. de La Bégissière était heureux et il cherchait à communiquer son plaisir à M. Le Varlon de Verrigny, mais, depuis quelque temps, M. Le Varlon de Verrigny paraissait anxieux et abattu. Il restait de grands moments distrait ou absorbé, non de cette sorte d'absence ou de retirement en soi où l'on est, quand on fait oraison, mais de celle qui indique que l'on réfléchit à des sujets involontaires. Il se passait certainement quelque chose en M. Le Varlon de Verrigny. Non qu'il donnât le moins du monde l'idée d'un homme qui faiblit en son propos ! Au contraire. Il redoublait de pénitences et d'austérités et se montrait de plus en plus dur à soi-même, mais il avait perdu ce contentement et cette belle humeur qui marquaient les premiers temps de son séjour dans la solitude, cette sorte d'allégresse à être sorti du péché, cet air riant répandu sur toute sa large figure, comme si elle eût été tournée continuellement vers le soleil levant d'une autre vie.

Un jour qu'il travaillait au jardin, sous le grand soleil, il avait laissé sa bêche plantée en terre et s'était retiré à l'abri d'une charmille pour y chercher un peu d'ombre. Assis sur un banc, il demeurait assez tristement, la tête basse, à essuyer la sueur qui lui coulait du front, quand il vit venir à lui M. de La Bégissière. M. de La Bégissière avait également fort chaud. Sa figure rouge luisait sous ses cheveux et ses pommettes semblaient comme mouillées. Sa grosse chemise de toile rude, entr'ouverte sur sa poitrine, la laissait voir bien fournie de poils tout ruisselants. Pour avoir plus frais, il avait enlevé ses sabots et marchait sur le sol avec ses pieds nus. Il tenait à chaque main un arrosoir et il les heurtait de temps à autre avec un bruit guerrier. Arrivé auprès de M. Le Varlon de Verrigny, il s'assit à son côté sur le banc et ôta de son talon une grosse épine qui s'y était enfoncée. La tristesse de M. Le Varlon de Verrigny inquiétait le bon M. de La Bégissière et il eût voulu lui délivrer l'esprit du souci qui le piquait, comme il venait d'arracher de sa peau à lui l'épine pointue qui s'y était logée, mais il ne savait trop comment s'y prendre. Aussi commença-t-il par tousser à plusieurs reprises pour attirer l'attention de M. Le Varlon de Verrigny, et comme celui-ci demeurait toujours silencieux, il finit par le pousser du coude.

— Ma foi, monsieur, — lui dit-il pour entrer en matière, — je crois bien que voilà un temps à souhait et que notre jardin s'annonce comme le plus beau du monde. Dieu soit béni et remercié d'avoir ainsi accepté le travail de nos bras. Il récompense nos efforts, et c'est une marque que notre peine lui est agréable. Aussi m'en sens-je tout réconforté. Une seule chose me chagrine : que vous ne sembliez pas l'être autant que moi et que votre attitude laisse paraître une tristesse et un découragement qui ne sont point dans votre nature et qui doivent provenir de quelque circonstance particulière, au sujet de laquelle je ne prétends pas vous interroger, mais en laquelle je serais heureux de vous servir, si j'en avais quelque pouvoir.

M. Le Varlon de Verrigny, aux paroles de M. de La Bégissière, poussa un long soupir qui engagea ce dernier à continuer.

– Votre abattement me cause de l'ennui et j'y pense souvent. La vie que l'on mène ici, si unie en apparence qu'elle puisse être, cache parfois des difficultés secrètes. L'entreprise de vivre selon Dieu ne va point sans quelques obstacles que nous trouvons en nous-mêmes, et il m'est venu dans l'idée que vous en êtes à un de ces moments d'incertitude dont le passage est fort pénible. C'est pourquoi j'ai songé à vous demander tout franchement de me confier ce qui vous agite et vous déconcerte.

M. Le Varlon de Verrigny fit, sur le banc où il était assis, un mouvement qui le tourna vers M. de La Bégissière.

– Il se pourrait, – continua M. de La Bégissière, – que ma demande vous parût bien hardie et même importune, et je ne m'en étonnerais certes pas. N'avons-nous point ici d'habiles gens qui excellent à la conduite des âmes et savent mieux que quiconque ce qu'il leur faut ? Nos confesseurs et nos directeurs sont admirables. Ils possèdent, de la religion, le fin du fin et ils en raisonnent dans son principe et son détail. N'est-il bien singulier d'un pauvre jardinier comme moi de se vouloir mêler de leurs affaires ; mais leur sainteté même et leur éloignement du monde m'engagent à vous offrir mon humble conseil. Le péché qui vous a conduit ici ne leur est guère connu que par ouï-dire, tandis que moi, j'ai eu le malheur de le commettre assez pour être capable, sinon de vous donner un bon avis, au moins de compatir à votre peine et à ses combats, car c'est de quelque trouble de cette espèce que provient le chagrin où je vous vois.

M. de La Bégissière avait cessé de parler. Il grattait à son talon nu et calleux la place de l'épine qu'il en venait d'enlever. M. Le Varlon de Verrigny, après avoir soupiré plus profondément encore que tout à l'heure, finit par dire à M. de La Bégissière :

– Hélas, monsieur, puisque vous m'interrogez, je ne vous cacherai rien de mon état et j'aurai, à le dépeindre tel qu'il est, quelque consolation. Vous y verrez le tableau d'un homme qui a pensé faire pour le mieux et qui ne s'en trouve pas aussi bien qu'on le pourrait croire et qu'il l'a cru lui-même, car c'est un malheureux qui vous parle et que vous allez entendre vous conter le plus singulier retournement qui se puisse être. Ah, monsieur...

M. de La Bégissière laissa son talon et mit la main derrière son oreille, car il était un peu sourd, et M. Le Varlon commença en ces termes :

– Dieu, monsieur, nous fait naître comme il veut et nous n'avons rien à lui reprocher de ce qu'il lui convient que nous soyons, mais il arrive qu'il place en nous plusieurs instincts assez divers pour se combattre et s'équilibrer les uns les autres, ce qui fait que nous demeurons assez longtemps incertains de nous-mêmes et sans savoir exactement ce que nous sommes. Quant à moi, il n'en fut pas ainsi. Du plus loin que je me souvienne, je me trouve le goût des femmes et il se montra de si bonne heure qu'il est bien probable que je naquis avec, car les premiers signes que je donnai de cette passion funeste furent si violents et si déterminés qu'elle avait sans doute en moi une origine qui précédait les marques par où j'en pouvais faire voir la force... Enfin, monsieur, pour être bref et ne pas m'attarder, je vous dirai seulement que, du jour où se manifesta en moi ce penchant déplorable, il ne cessa de prendre à mesure plus d'empire et de pouvoir, si bien que je lui fus, ma vie durant, entièrement asservi et qu'il m'entraîna par la suite aux actions les plus coupables et les plus fâcheuses. Les femmes, monsieur, furent donc mon occupation principale, et le péché qu'il y a à agir avec elles selon les mouvements de la nature, mon péché le plus habituel et le plus dominant, celui où je retombais avec une faiblesse et une régularité que rien ne pouvait vaincre.

» Je ne vous ferai pas le récit de mes égarements et la peinture du pécheur que je fus. La vue des femmes me mettait dans l'état le plus désordonné. Notez, pour mon malheur, qu'il n'était point besoin qu'elles fussent belles. J'étais capable de me satisfaire n'importe où et de n'importe quoi. Ah ! bien heureux les délicats qui recherchent les perfections du corps et du visage ! N'est-ce point là une merveilleuse défense ? Mais qu'il faut donc peu de chose au vrai pécheur ! Moi, je ne demandais que la place de mon péché, et toutes les femmes, monsieur, ne la portent-elles pas au même endroit !

Le bon M. de La Bégissière hocha la tête à cette vérité et M. Le Varlon de Verrigny continua :

— Oui, monsieur, j'étais exactement ce que je vous dis, mais, fors cela, assez honnête homme. Je ne vous dis pas cela par vanité, mais pour vous montrer que le fond de ma nature n'était pas mauvais. Sauf en ce qui est de ce péché de la chair, je me comportais pour le reste convenablement. L'idée salutaire de ma turpitude m'éloignait de l'orgueil. Quand on louait devant moi ma bonne tournure ou ma capacité aux affaires, j'avais dans l'esprit de quoi me rabaisser à mes yeux. Il me suffisait de considérer en moi la brute qui y séjournait. Je ne voyais pas ce monsieur Le Varlon de Verrigny dont j'entendais dire quelque bien, j'en apercevais un autre qui, au sortir du salon et de l'audience, allait faire une singulière figure, car l'homme, monsieur, n'est ni beau ni relevé quand il prend plaisir où vous savez. La posture de l'amour n'est point avantageuse, et la nature exige de nous, quand nous voulons satisfaire l'instinct qu'elle y a mis, des mouvements qui, s'ils donnent à notre corps un agrément intérieur, n'ont point de grâce apparente et font, du plus galant cavalier et de la plus parfaite monture, un groupe monstrueux que la fable pourrait mettre à côté de ses centaures.

» Si je n'étais pas orgueilleux, je n'étais pas non plus avare. Le goût des femmes habitue à dépenser facilement son argent et l'on n'hésite pas à payer ce qu'il faut pour être bien reçu d'elles. Je leur devais aussi de n'être pas gourmand. Les exercices de l'amour me donnaient faim et j'aimais mieux manger pour réparer mes forces que pour savourer la finesse des morceaux. Ainsi, monsieur, il semblait que mon péché ordinaire m'eût dispensé de la plupart des autres. Ils avaient perdu leur pouvoir dans le sien, et je pouvais penser, vous en conviendrez, que, si jamais je parvenais à détruire en moi l'entraînement irrésistible qui me portait à l'œuvre de chair, je deviendrais du coup un chrétien pas plus mauvais qu'un autre et aussi capable que personne de faire son salut.

M. Le Varlon de Verrigny se tut un instant, puis il reprit :

— Une circonstance que je ne vous raconterai pas et que vous savez sans doute arriva... Ce péché, que je croyais insurmontable, perdit tout d'un coup pour moi son attrait funeste. Je profitai de ce répit et j'accourus à la solitude. Vous m'y vîtes entrer, et c'est vous-même qui me réveillâtes sur ce banc du parloir où je dormais, tout assommé encore et tout abasourdi du brusque effet d'une grâce inespérée. Vous m'avertîtes alors de prendre garde aux retours du vieil homme. J'attendis qu'il donnât quelques signes. Il ne reparut point. Ah, monsieur, quelle fut ma joie ! Celle de quelqu'un qui se pense sauvé et qui, s'il a encore à effacer les torts de son passé, est certain au moins de son avenir.

M. Le Varlon de Verrigny s'était levé et se tenait debout devant M. de La Bégissière. Il lui cria :

— La bête est morte, monsieur, la bête est morte, et j'en porte devant moi la dépouille pesante et inanimée, et seriez-vous, monsieur, au lieu d'un vieillard vénérable une femme toute nue que je ne me sentirais pas vers elle le plus petit mouvement de désir.

Le bon M. de La Bégissière avait sursauté à l'idée d'être une femme toute nue ; il ferma pudiquement sur sa poitrine velue sa chemise de grosse toile bise, tandis que M. Le Varlon de Verrigny reprenait en baissant la voix :

— Et cependant, monsieur, le péché continue à m'habiter et, s'il ne se dresse plus dans ma chair, il y rampe, il y pullule, il y fourmille. Il me parcourt, il me ronge, il me pique. Il ne siège plus à un lieu de moi-même, mais il occupe tout l'espace de mon esprit.

Et M. Le Varlon de Verrigny fit la moue dégoûtée de quelqu'un qui sent grouiller sur soi une invisible vermine.

— Oui, monsieur, tel est mon état lamentable. Certes, je ne suis plus luxurieux, mais je suis en revanche gourmand, paresseux, avare. À la place d'un péché unique en voici je ne sais combien qui me tourmentent et m'obsèdent en tous sens ! Comme l'ancien, monsieur, ils n'ont pas de ces assauts brusques qui me précipitaient tout entier à mon désir, mais qui, une fois leur violence passée, me laissaient un assez bon homme, un peu penaud et déconfit de ce qui lui arrivait ; bien au contraire, ces nouveaux venus se sont glissés en moi sourdement, ils se sont emparés peu à peu de mes pensées et ont envahi ma solitude. Ce sont des compagnons familiers qui ne me quittent pas et dont rien ne me distrait et qui vont, monsieur, viennent et dorment d'autant plus à l'aise en moi qu'ils n'ont point l'occasion d'en sortir et aucune issue par où ils puissent me délivrer de leur bourdonnement et me soulager de leurs piqûres.

M. Le Varlon de Verrigny s'était éloigné de quelques pas, il revint promptement vers M. de La Bégissière et le secoua rudement par l'épaule.

— Dites, monsieur, ma condition n'est-elle point misérable et ridicule ? Vous voyez devant vous un paresseux qui travaille, bêche la terre, lie des fagots, couvre du papier ; un gourmand qui mange des petits légumes en purée et qui boit de l'eau à la cruche ; un orgueilleux qui n'a d'autres témoins de son orgueil que lui-même ; un avare qui ne dispose plus de ses biens et n'a pas un écu dans sa poche. Et pourtant, monsieur, je suis bien ce que je vous ai dit et voici l'étrange compagnie où je suis tombé. Voilà ce que j'ai trouvé ici, monsieur, et ce que vous avez à côté de vous.

Et M. Le Varlon de Verrigny, essoufflé, tout rouge de honte et de colère, se laissa tomber lourdement sur le banc, auprès de M. de La Bégissière.

– Ah ! monsieur, pourquoi Dieu m'a-t-il arraché du monde pour me conduire ici ? Ce qui me paraissait un effet de la grâce divine ne serait-il pas bien plutôt un artifice de la céleste rancune ? Que n'en suis-je resté à mon vieux péché ! Encore fallait-il pour le commettre des occasions qui ne se présentaient pas toujours, tandis que ceux-ci me travaillent à toute heure et que j'ai pour les ruminer toute la solitude des journées et toute la longueur des nuits.

Et M. Le Varlon de Verrigny cacha sa tête dans ses mains comme quelqu'un accablé d'un véritable désespoir. M. de La Bégissière avait cessé de se gratter le talon.

– Je vous ai promis, monsieur, de vous donner mon petit avis sur ce que vous me diriez, et je veux moins encore que tout à l'heure manquer à ma promesse. Je crois, pour de vrai, que vous n'êtes pas fait pour les lieux où nous sommes. Ceux qui s'y retirent sont des gens qui ont voulu gagner le ciel à coup sûr et qui se sacrifient tout entiers à cet enjeu, et je crains bien que vous ne soyez point de force à jouer une pareille partie. Vous avez de bonnes cartes en mains, mais qui peut assurer que vous ne perdrez pas tout de même votre mise. Certes, en entrant ici, vous avez bien laissé à la porte votre bissac, mais vous avez conservé dans vos doublures les miettes dont s'est nourri malgré vous votre esprit. Je ne prétends point que ce soit de votre faute, mais cette poussière a suffi pour engraisser en des parties de vous-même dont la tumeur vous apparaît à présent, et dont je ne vois la guérison que dans ce que je vais vous conseiller. À votre place, je retournerais dans le monde, quitte à y retrouver le vieil homme que vous y avez laissé. Il vaut peut-être bien autant que celui qui s'est coulé à sa place et dont vous ne viendrez pas à bout, car les péchés que vous vous découvrez ont une vivacité que rien n'a encore épuisée, et ils sont trop en toute leur force et en toute leur nouveauté pour que vous ayez chance d'en voir la fin en une solitude dont ils vous rendraient le bienfait inutile.

» Retournez-vous-en, monsieur, mais ne désespérez pas pour cela de votre salut. Il y a, en tout, d'heureux hasards, et qui sait si, entre deux accès de votre péché ordinaire, vous ne trouverez pas le temps d'un de ces petits repentirs qui suffisent à nous permettre de nous présenter convenablement devant Dieu, s'il nous appelle à lui dans l'un de ces moments ? Je vois bien que vous aviez rêvé de faire là-haut une autre figure que celle de quelqu'un qui s'y introduit à la dérobée, mais c'est déjà quelque chose que d'être dans la place, croyez-en un vieux soldat, y fût-on entré, non par la brèche, mais dans un sac de farine ou dans une botte de foin.

Et le bon M. de La Bégissière posa à terre ses deux pieds nus, tandis que M. Le Varlon de Verrigny regardait vers la petite porte verte qui, dans le mur du jardin, ouvrait sur la campagne et à la grosse clé de laquelle une araignée avait suspendu sa toile où, au bas d'un cadran aérien, elle semblait marquer l'heure en balançant, au bout d'un fil perpendiculaire, son corps difforme et délicat.

IX

OÙ M. DE BRÉOT ACHÈTE UN HABIT DE VELOURS VERT ET REVOIT MADAME DE BLIONNE.

Il y avait plus d'une année que M. de Bréot était venu à Paris, sinon chercher fortune, car la sienne lui avait toujours paru fort convenable, mais plus exactement s'exposer au hasard dans les lieux mêmes où on lui prête ses jeux les plus surprenants. Il n'est rien de tel que de s'attendre à tout pour trouver ce qui nous arrive moins remarquable que ce que l'on prévoyait d'avance, et quand M. de Bréot songeait aux circonstances diverses de son séjour en une ville si fameuse par les aventures de toutes sortes qui y adviennent, il ne pouvait s'empêcher de constater qu'il n'y avait observé, pour sa part, que des événements assez ordinaires et aucun de ceux-là qui font de vous un autre homme. M. de Bréot était toujours M. de Bréot, pour lui-même comme pour les autres. Il pensait les mêmes choses qu'auparavant et n'en faisait guère de différentes. Il est vrai, pourtant, qu'il se mêlait en plus à ses pensées le souvenir de quelques personnages assez singuliers et qui valaient bien la peine, après tout, d'avoir quitté sa province pour la curiosité de leur connaissance et l'agrément de leur compagnie.

Entre ces figures, la première qui se présentait à l'esprit de M. de Bréot était celle de M. Floreau de Bercaillé. Il revoyait le détail de sa rencontre avec lui : la tonnelle où le vent d'avril agitait les feuilles nouvellement vertes, la couleur du vin dans les verres, la table boiteuse et le visage même de M. Floreau de

Bercaillé, avec son grand nez, son poil roux, ses sourcils rejoints, ses yeux vairons, sa large bouche éloquente et bachique. Les souvenirs de M. de Bréot commençaient toujours à cette auberge pamprée du pont de Valvins. Ils ne s'en tenaient pas là et suivaient M. de Bercaillé de cabaret en cabaret. M. de Bréot l'y admirait dans la fumée du tabac et le tumulte des blasphèmes, puis, bientôt, de ce nuage et de ce fracas, sortait un autre Bercaillé, la mine longue et les yeux baissés, tourné au dévot du libertin et sentant l'eau bénite et la sacristie.

Si M. de Bréot avait éprouvé quelque surprise à la conversion de M. de Bercaillé, ce n'avait pas été pour lui un spectacle moins étonnant de voir M. Le Varlon de Verrigny s'en aller à Dieu. Ah ! le beau chemin de la grotte du Verduron et du galetas de la petite Annette Courboin à la pieuse solitude de Port-Royal ! Ces songeries menaient naturellement M. de Bréot à madame la marquise de Preignelay. M. Herbou, le partisan, ne tardait pas à intervenir dans la mémoire de M. de Bréot avec son étrange et funèbre histoire de madame la duchesse de Grigny et des sept péchés capitaux. Il lui semblait entendre la petite flûte aiguë et douce de l'élève de M. Pucelard. Elle conduisait vite M. de Bréot à la boutique du luthier où trônait la jolie Marguerite Géraud. Que son corps souple et frais parfumait donc les draps de la saine odeur de sa jeunesse ! Et M. de Bréot fermait les yeux et tombait dans une rêverie profonde. L'obscurité sous ses paupières s'éclairait peu à peu. Des lumières lointaines y apparaissaient et, en se rapprochant, elles formaient comme une rampe de feu derrière laquelle se dessinaient des arcades de verdure, par où entrait, avec des gambades et des sauts, une troupe de Sylvains cornus. Leurs longues perruques pendaient sur leurs habits rustiques de velours vert ; soudain, il se faisait comme un repos, et M. de Bréot croyait distinguer un bruissement de feuilles qui se changeait insensiblement en un murmure d'eau. Et M. de Bréot sentait une fraîcheur délicieuse se répandre dans tous ses membres, à la vue d'une forme indécise, pareille à une vapeur incertaine, qui, peu à peu, prenait un aspect humain et devenait une figure de femme de plus en plus distincte. Elle était vêtue d'une robe d'argent qui semblait ruisseler sur elle comme une onde mouvante, et M. de Bréot, haletant et charmé, revoyait danser madame de Blionne, ainsi qu'au soir du Verduron, où elle avait été la Nymphe même des Fontaines.

C'est au sortir de ce songe éveillé que M. de Bréot désirait le plus vivement que quelque chance singulière, quelque subite faveur de la fortune le tirât du commun et le distinguât du vulgaire et qu'il regrettait de n'être demeuré qu'un si petit personnage. À quoi pourtant cela lui eût-il servi ? En aurait-il pu davantage approcher madame de Blionne, puisque l'admiration que sa danse avait excitée et les éloges extrêmes faits de sa grâce et de sa beauté avaient porté la jalousie de M. de Blionne à séjourner depuis lors avec sa femme dans une de ses terres où il la tenait dans une solitude complète et sans lui permettre d'autre compagnie que la sienne ? Le plus étrange était que M. de Blionne, gros homme assez borné, avait épousé sa femme, deux années auparavant, moins pour elle que pour certaine convenance de famille et pour soutenir sa maison. Il avait fallu les louanges malheureuses que l'on fit devant lui des mérites de ce miracle vivant, pour lui apprendre le trésor qu'il possédait sans façons et avec qui il satisfaisait tout bonnement la nature, sans en penser si long. À peine notre homme eut-il le sentiment d'une valeur qu'il avait jusque-là presque méprisée qu'il en montra tout à coup non point l'estime qu'il en eût dû toujours faire, mais la plus brutale et la plus farouche jalousie, dont la première conséquence fut de soustraire madame de Blionne à tous les regards. Mais, sa femme toute à lui, il n'en demeura pas moins plein de soupçons. Cependant, s'il ne trouva pas aux champs le repos de son esprit, il y retrouva certains goûts que la ville lui avait fait perdre, je veux dire celui de la chasse, si bien qu'il passait une part de son temps avec les chiens et les valets à poursuivre le gros et le petit gibier. Pendant qu'il battait les bois et la plaine, madame de Blionne restait à la maison. Comme elle était la douceur même, elle ne se plaignait pas de ce traitement. Les lettres qu'elle écrivait à sa mère, madame de Cheverus, et à madame de Preignelay ne contenaient aucune lamentation. La seule chose qu'elle reprochât, à son mari était de faire épier ses démarches, quand il n'était pas là, par des gens gagés qui pouvaient penser que de si grandes précautions devaient venir, non point d'une jalousie imaginaire de la part de M. de Blionne, mais de sujets véritables qu'elle y aurait pu donner.

M. de Bréot avait appris par le bruit public ce qui concernait madame de Blionne. L'idée qu'il ne la verrait plus lui paraissait insupportable. Il en venait à prendre en dégoût le séjour de Paris. Les divertissements lui en semblaient insipides et les spectacles sans intérêt. Il commençait à repenser tout doucement à sa province. Il y possédait justement une maison avec un petit jardin animé d'eaux courantes qu'il suffirait de disposer pour en faire une fontaine. Leur force divisée formerait par sa réunion une gerbe jaillissante, et il savait bien à quelle Nymphe il la dédierait. C'est là qu'il passerait ses journées à jouer du luth et à se ressouvenir !

Ces pensées de retraite et de mélancolie prirent de plus en plus consistance en son esprit et il résolut enfin de mettre son projet en pratique. Il concerta de disparaître sans prendre congé de personne. M. de Bercaillé était à son ermitage. M. Le Varlon de Verrigny purgeait ses péchés à Port-Royal. M. Herbou, le partisan, était au Verduron, chez madame de Preignelay. Il ne lui restait donc qu'à faire ses paquets. La veille de son départ, il mit son luth dans son étui de cuir et alla une dernière fois chez Marguerite Géraud, la belle luthière, acheter des cordes. Elle lui en vendit sans plus d'attention à lui que si elle ne l'eût jamais vu qu'au comptoir.

Pour rentrer chez lui, M. de Bréot traversa le jardin où, l'année précédente, la petite Annette Courboin l'écoutait jouer du luth. Le père et la mère Courboin s'y occupaient justement à examiner un paquet de nippes. Il y en avait de toutes les sortes, les unes de simples haillons, les autres encore assez bonnes. La mère Courboin les triait. Au moment où passait M. de Bréot, le père Courboin tirait du tas un objet bizarre qui frappa la vue de M. de Bréot. C'était une grosse perruque surmontée de deux cornes dorées. En même temps, la mère Courboin étalait un habit de velours vert, d'une forme inusitée. M. de Bréot tressaillit. Comment cette défroque sylvestre était-elle tombée aux griffes des Courboin ? Venait-elle de M. du Tronquoy ou de M. de Gaillardin ou de quelqu'autre des Sylvains du Verduron ? C'était bien à l'un d'eux qu'avaient appartenu cet habit vert et cette perruque cornue, et M. de Bréot revit une fois encore devant ses yeux l'image familière et dansante de la belle madame de Blionne. Il demanda aux Courboin étonnés le prix qu'ils voulaient de ces oripeaux, le paya et remonta dans sa chambre. Là il joignit la perruque et l'habit à ses propres hardes, et, les yeux baissés sur le carreau, il laissa venir le soir. Il partait le lendemain.

Le valet, qui accompagnait M. de Bréot et qui remarquait son air de mélancolie, fut assez surpris, au milieu de la seconde journée de route, de le voir subitement perdre cette physionomie de tristesse et changer, tout à coup, son silence en chansons qu'il lançait à pleine voix en flattant de la main le col de son cheval, comme pour l'engager à hâter le pas ; mais la surprise du maraud fut bien plus grande encore, quand, arrivés au carrefour dont la route de gauche menait où ils devaient aller, il vit son maître prendre avec assurance celle de droite, en le regardant d'un œil narquois. M. de Bréot écouta attentivement l'observation que le drôle lui en fit, mais, au lieu de répondre, il donna de l'éperon dans le ventre de sa bête, si bien que le raisonneur n'eût rien de mieux qu'à le rattraper, de telle sorte qu'au lieu de coucher à Rutigny les deux voyageurs couchèrent à Vargelles, d'où ils repartirent, le lendemain, de si bonne heure qu'ils parvinrent à Vaurieux avant la fin du jour et furent à Corventon le suivant, où ils descendirent à l'hôtel du *Renard d'Or*.

Corventon est une petite ville fort propre, ainsi qu'ils le virent en la traversant pour se rendre à l'hôtellerie, tout au bout d'une rue en pente, mais bien pavée. Dès qu'on eut mis les montures à l'écurie, M. de Bréot demanda à souper. Contrairement aux jours précédents, M. de Bréot ordonna de dresser son couvert dans la salle commune et il commanda à l'hôtelier qu'on lui apportât du vin le meilleur. Quand il eut fini de manger et qu'il eut bu suffisamment, il s'enquit auprès de l'aubergiste s'il n'y avait pas aux environs quelque rareté qui méritât d'être vue. Le bonhomme, tout en répondant aux questions de M. de Bréot, ne cessait de chiffonner son bonnet entre ses doigts et de tourner la tête vers un personnage assis auprès de la cheminée, qui semblait écouter avec beaucoup d'intérêt ce que disait M. de Bréot, et qui, à un signe de l'hôtelier, vint à la table, fort empressé de prendre part à la conversation.

Lorsque le nouveau venu eut salué M. de Bréot et que l'hôtelier lui eut répété la question du voyageur, il prit sans façon un escabeau et se versa dans un verre le fond du vin de la bouteille, qu'il but avec tant de plaisir que M. de Bréot fit apporter sur-le-champ un autre flacon. Pendant qu'on le débouchait, l'inconnu adressa mille politesses au jeune homme sur la surprise qu'il y avait à rencontrer, dans un lieu si retiré que Corventon, un gentilhomme d'aussi bonne mine et de tant d'esprit. Beaucoup de gens, en effet, voyagent pour se distraire, mais bien peu pour s'instruire et il est rare qu'on se préoccupe sur sa route des curiosités que l'on y peut trouver l'occasion de voir.

— Je doute assez, monsieur, que vous demeuriez longtemps ici, à moins que quelque soin vous y retienne, car rien n'est plus ordinaire que cet endroit de France. Le pays est presque sauvage et ne présente rien de remarquable. Il est en partie couvert de vastes forêts. Les parcelles qu'on en a défrichées sont, je dois le dire, fertiles, mais leur peu d'étendue montre la paresse et la routine des habitants. Quant à la ville, ce qu'elle a de mieux est son auberge, qui est excellente, comme vous en pouvez juger, et où la chère est parfaite, à tel point, monsieur, que je m'y viens reposer, de celle que l'on fait au château où j'ai l'honneur d'avoir mon séjour ordinaire et qui appartient, comme moi-même, à monsieur le comte. Car, si monsieur le comte est un très grand seigneur et sa maison une magnifique demeure, il n'en est pas moins vrai qu'on y mange une cuisine où le gibier et la venaison tiennent tant de place que j'en éprouve une certaine répugnance de l'estomac à laquelle je remédie ici, de temps à autre, par des mets, sinon plus délicats, du moins plus agréables à mon goût particulier.

L'inconnu arrosa cette longue période d'un grand verre de vin et continua :

— La cave aussi, monsieur, y mérite quelque considération et c'est à elle aussi que je rends visite. N'en concluez point cependant que les celliers du château ne soient abondamment pourvus de vins de toutes les sortes, mais monsieur le comte en garde les clés avec beaucoup de soin, non par avarice, mais par raisonnement. Il prétend que la divine liqueur n'est point d'un bon effet sur l'entendement et qu'elle obscurcit la vue et bouche les oreilles, aussi m'en défend-il l'usage, car il tient beaucoup que j'aie les yeux ouverts à toutes choses et à toutes gens et que je sache très exactement ce qui se passe chez lui. Tel est, monsieur, en ces matières le sentiment de monsieur le comte et que je vous donne pour ce qu'il est et pour ce qu'il vaut.

M. de Bréot écoutait avec complaisance les paroles du personnage, en ayant soin que son verre ne restât pas vide devant lui et tout en portant parfois le sien à ses lèvres. Il semblait intéressé par ce que lui disait l'inconnu à qui il finit par demander innocemment qui donc était ce M. le comte dont le nom revenait tant de fois sur le tapis.

— C'est proprement, monsieur, comme je vous l'ai dit, un fort grand seigneur et j'ajouterai qu'on l'appelle monsieur le comte de Blionne. Vous verrez demain, en quittant Corventon, le château qu'il habite et où demeure également votre serviteur, car si je pouvais, monsieur, quelque chose pour vous, je le ferai de grand cœur. Mon métier est de rendre service et mon inclination naturelle me porte à obliger mes semblables.

Au nom prononcé de M. de Blionne, M. de Bréot avait tressailli intérieurement, mais il se borna à remercier l'inconnu de ses honnêtes dispositions, en lui exprimant le regret de n'avoir pas l'occasion d'en user, car des affaires urgentes l'appelaient à Hercinières, aussi comptait-il se mettre en route, de bonne heure, le lendemain. L'inconnu lui témoigna beaucoup de chagrin de ce départ forcé. Soit que le vin qu'il avait bu fût de forte qualité, soit que le peu d'usage qu'il en faisait d'ordinaire lui eût enlevé l'habitude d'en supporter l'effet, l'inconnu devenait de plus en plus confiant envers M. de Bréot. Il lui apprit, au cours de ses confidences, que, marié deux fois, il était veuf de ses deux femmes, que la première, de visage et de corps agréables, lui avait donné le chagrin de la perdre trop tôt ; que la seconde, de caractère acariâtre, lui avait fait le plaisir de ne point mourir trop tard ; enfin, qu'il s'appelait Hussonnois et qu'il était espion de police.

– Oui, monsieur, – continua-t-il, – tel est mon état et je suis heureux que vous ne montriez à l'apprendre aucun mouvement d'humeur. Beaucoup de personnes témoignent aux gens de mon métier des sentiments sans bienveillance, et je dois dire que le mépris qu'elles vont jusqu'à nous marquer ne vient que d'une mauvaise façon de raisonner. Qu'a-t-on, après tout, à nous tant reprocher ? De nous occuper des affaires des autres. Je répondrai à cela, tout d'abord, que ce soin ne nous distingue pas seuls. La plupart des hommes ne font guère autre chose par curiosité ou par sollicitude, et les ministres mêmes n'ont point d'autre charge. Ce n'est pas donc un grief qui soit valable ; ensuite, si nous appliquions à notre profit cette même perspicacité dont nous faisons preuve au service d'autrui, on n'aurait pas pour nous assez de louanges et l'on ne cesserait de vanter notre esprit et nos ressources, tandis que de les mettre à la disposition du prochain nous rabaisse injustement à ses yeux. Et pourtant, monsieur, qui songerait à contester pour de bon notre utilité ici-bas ? Est-ce notre faute si la méchanceté des hommes nous a rendus indispensables et est-il juste que cette même méchanceté nous reproche l'usage avantageux qu'elle tire de nous ? N'y aurait-il pas là de quoi nous assurer une estime qu'on nous refuse sans raison ? Ne devrait-on pas reconnaître bien haut notre mérite, car n'en est-ce pas un que de démêler à propos les secrètes démarches de chacun et, du fil d'une intrigue savamment débrouillée, de tresser la corde et de serrer le nœud où se vient prendre le cou de l'intrigant ?

M. Hussonnois sourit amèrement et but une nouvelle lampée.

– Ah ! monsieur, – reprit-il, – j'enrage quand je considère ce que nous sommes et ce que nous devrions être. Je m'en tiendrai à un point encore pour vous faire bien sentir l'injustice de notre traitement. Remarquez, je vous prie, seulement, monsieur, comme on agit dans le monde vis-à-vis des prêtres et en particulier des directeurs. Quel cas ne fait-on pas de leur savoir et de leur expérience ? On voit en eux les docteurs véritables de la nature humaine. Ils passent pour ne rien ignorer de ce qui la compose et pour en connaître le détail dans sa plus secrète délicatesse. Eh ! corbleu ! la belle affaire, et y a-t-il de quoi mener tant de bruit ! Comment en pourrait-il être différemment, car il faudrait que ces messieurs fussent bien stupides pour ne pas se servir de ce qui leur vient aux oreilles sans qu'il leur soit besoin de prendre aucune autre peine que de les ouvrir toutes grandes ! Chacun ne s'empresse-t-il pas à l'envi de leur expliquer tout bas la mécanique des sentiments et les ressorts des passions ? On leur confie tout, depuis le crime le plus noir jusqu'à la plus petite pensée. Ils apprennent l'homme par lui-même en toute sa minutie, et tout ce qui se propose ou s'entreprend leur arrive à découvert, en ses machinations les plus cachées. Pensez, d'ailleurs, monsieur, combien cette confiance est raisonnable, si vous voulez bien songer que, pour tout le mal qu'on leur rapporte, ces messieurs disposent du pardon de Dieu, tandis que celui que, nous autres, nous pouvons découvrir relève de la justice des hommes et qu'il y a d'eux à nous, pour espace, celui qui sépare la Croix de la Potence.

M. Hussonnois s'arrêta un instant de parler pour boire, puis il reposa son verre vide sur la table et reprit son discours interrompu.

— Nous et eux, monsieur, nous en arrivons tout de même à peu près au même point, mais c'est nous qui y avons le plus de mérite. Il ne nous suffit pas de nous asseoir, quelques heures par jour, derrière un grillage pour être au fait de toutes gens et de toutes choses. Si nous y parvenons, c'est au prix de mille soins et de mille démarches et souvent même au risque des plus grands dangers. Il faut que tout nous soit bon et que les voies les plus extravagantes comme les plus basses nous soient connues et familières. Nous avons recours à des inventions de mille sortes, dont quelques-unes, monsieur, sont, plus d'une fois, admirables. Cela n'empêche pas qu'au lieu de nous considérer comme nous devrions l'être on nous tienne, monsieur, au plus bas et que l'on ne fasse guère cas de nous que dans le plus extrême besoin.

De bouteille en bouteille, M. de Bréot apprit de M. Hussonnois les choses les plus intéressantes et les principaux exploits où s'était illustrée une carrière qui finissait assez petitement, comme le faisait remarquer M. Hussonnois lui-même, au service de M. le comte de Blionne.

— Ce n'est point un mauvais homme, — soupirait M. Hussonnois, — et je n'éprouve pas de honte à tâcher de lui être utile, encore qu'il ne me demande rien qui soit un peu digne de quelqu'un qui s'est montré à la hauteur des cas les plus difficiles, car je n'ai guère avec lui, de quoi exercer mes talents, mais il faut bien prendre parfois quelque repos et celui que je rencontre ici me délasse le corps et l'esprit. J'espère cependant en sortir un jour, monsieur, pour de plus grandes entreprises, à moins que le loisir ne me fasse perdre cette finesse qui nous est indispensable et qui a peut-être besoin, pour conserver toute sa vivacité, de ne point cesser d'être mise continuellement à l'épreuve ; car, monsieur, j'ai ici encore moins d'ouvrage que ne se l'imagine ce bon monsieur de Blionne !

M. Hussonnois s'arrêta un instant et, se penchant vers M. de Bréot, lui dit d'un air confidentiel, avec un clin d'yeux et en faisant claquer sa langue :

— Sa femme est jolie, monsieur !

M. de Bréot fut sur le point d'assommer M. Hussonnois avec une des bouteilles vides qui se trouvaient sur la table, mais il se contint.

— Avez-vous remarqué, – continuait M. Hussonnois, – qu'il lui suffit d'avoir une femme coquette pour qu'un homme vive avec elle dans la plus extrême sécurité. Eh bien, ce bon monsieur de Blionne tremble de la peur d'être cocu, et le plus beau est que sa femme est de la vertu la plus éprouvée et la plus solide. Depuis que j'ai pour métier de la suivre et de l'observer, je n'ai pas une fois remarqué dans sa conduite quoi que ce fût qui pût donner à penser qu'elle en veuille changer le moins du monde. Madame de Blionne, monsieur, est honnête, douce, égale, régulière. Elle supporte la plus rigoureuse solitude sans que son esprit paraisse visité des humeurs qui troublent volontiers celui des femmes au milieu de la société et qui souvent le suivent jusque dans la retraite. Et pourtant, monsieur, il n'est pas de précautions que ne prenne d'elle monsieur le comte de Blionne. Je lui ai cependant fait part de mon sentiment. Il m'en témoigne beaucoup de satisfaction, mais sa jalousie n'en montre aucun soulagement et il m'engage à ne pas relâcher ma surveillance, à continuer toujours d'observer avec soin les abords du château, à m'inquiéter des gens qui sont de passage à la ville, car il craint les entreprises des galants et il pense que la beauté de sa femme a dû laisser dans Paris un souvenir assez fort pour que quelque amoureux, désespéré de son absence, puisse tenter, sinon de parvenir jusqu'à elle, au moins de lui faire parvenir quelque preuve de son amour. C'est ainsi, monsieur, qu'au lieu d'être avec vous à boire ce bon vin et à parler à cœur ouvert, je devrais, tout au contraire, tâcher de m'enquérir adroitement de vos intentions et de m'assurer que vous n'êtes pas un de ces galants que redoute par-dessus tout monsieur le comte et dont j'ai pour mission de préserver madame la comtesse, en pénétrant leurs vues et en déjouant leurs projets.

M. de Bréot se mit à rire bruyamment à ces dernières paroles de M. Hussonnois. Elles commençaient d'ailleurs à s'embarrasser dans sa gorge et à s'y mêler à des hoquets fréquents. La quantité de vin qu'il avait bu se montrait aussi à la rougeur de ses joues et au clignement de ses yeux, non moins qu'à l'épaisseur de sa langue. M. Hussonnois, après divers autres propos qui prouvaient que son esprit s'embrouillait un peu, en était revenu à M. de Blionne.

— Il n'a qu'un défaut véritable, monsieur, mais qui est grand, c'est cette affaire de vin dont je vous parlais tout à l'heure et sur laquelle il s'entête et ne veut rien entendre. Ah ! ah ! monsieur, que dirait-il s'il pouvait me voir dans l'état où je me sens ! Sa confiance ne manquerait pas d'en être fort ébranlée. Eh, eh, eh !... d'autant que c'est demain jour de chasse où il est absent toute la journée... Ouvre l'œil, Hussonnois, mon ami !... Bah, madame la comtesse sera contente. Quand monsieur le comte n'est pas là, elle en profite pour aller rêver seule dans les jardins. Ma foi, monsieur, je la laisse et je me garde bien de l'importuner. Les femmes ont parfois dans la solitude d'étranges pensées... et ce diable d'Hussonnois n'est pas plus mal tourné qu'un autre ! Hussonnois, mon ami, ouvre l'œil ! Toutes les femmes, monsieur, toutes. Hi, hi, hi... Allons, jeune homme, à la santé de mad...

Si le verre de M. de Bréot, au lieu de voler en éclats à la tête de M. Hussonnois, se reposa sur la table, ce fut parce que le front de M. Hussonnois s'y abattit de lui-même lourdement parmi les bouteilles. M. Hussonnois était entièrement ivre. M. de Bréot et l'hôtelier tâchèrent en vain de le mettre debout, il retomba comme une masse et il le fallut porter dans son lit où M. de Bréot le laissa ronflant avec force, tandis que lui s'en allait coucher pour être sur pied le lendemain, à la première heure.

M. de Bréot commençait à remuer dans ses draps, quand il fut tiré des restes de son sommeil par un grand bruit de chiens et de fouets. Il courut, pieds nus, à la fenêtre. Elle donnait sur la grande rue de Corventon où l'aube blanchissait à peine le pavé. L'équipage de chasse de M. le comte de Blionne causait ce tapage matinal. Les chiens tiraient aux laisses sous le fouet haut des valets. De M. de Blionne, M. de Bréot ne vit que le dos et la croupe du gros cheval pommelé qu'il montait avec beaucoup de solidité. Le fracas de la meute ni le pas des chevaux n'avaient réussi à réveiller M. Hussonnois, ainsi que M. de Bréot s'en aperçut lorsqu'une fois habillé il entra dans la chambre du dormeur. L'ivrogne ronflait toujours, mais il lui restait sans doute encore de son métier, quand il le fallait, une certaine finesse d'oreille, car M. Hussonnois fit un mouvement et ouvrit un œil. Sa figure écarlate et congestionnée sortit de l'hébétude où elle était et M. de Bréot fut fort surpris d'entendre M. Hussonnois lui dire d'une voix avinée, mais assez distincte :

– Ah, c'est vous, monsieur, et qu'en dites-vous. Voilà bien les effets de toute cette eau où m'oblige monsieur le comte ! Quatre ou cinq méchantes bouteilles ont suffi à me donner l'air, monsieur, que je dois avoir. Autrefois, il n'en était pas ainsi et je puisais dans le vin une lucidité admirable. Quand on voulait bien me confier quelque affaire d'importance j'en allais tout d'abord délibérer au cabaret. Je faisais mettre sur la table autant de flacons que de personnes en cause, et, une fois vides, il me semblait que la substance même des pensées adverses fût entrée en moi, et je n'avais plus, monsieur, qu'à me comporter en conséquence.

Et M. Hussonnois éclata d'un gros rire qui dilata sa face retombée endormie sur l'oreiller.

Avant de partir, M. de Bréot recommanda M. Hussonnois à l'hôtelier :

– N'ayez crainte, monsieur, ce n'est pas la première fois que nous gardons ici monsieur Hussonnois dans l'état où vous le voyez. Il en a pour une partie de la journée à se réveiller pour de bon, après quoi, il sera frais et dispos. N'est-ce pas tout de même, monsieur, un bien brave homme que monsieur Hussonnois ? Toujours gai, toujours civil et le mot pour rire. Figurez-vous que, lorsqu'il vient ici faire une petite débauche, il a grand soin de coucher dans son lit au château un mannequin qui lui ressemble assez pour que, si monsieur le comte, ne voyant pas paraître son Hussonnois, s'avise de monter jusqu'à sa chambre afin de s'enquérir de lui, il le croie encore endormi, ce qui est arrivé plus d'une fois où monsieur le comte referma la porte et s'en alla sur les pointes pour ne pas troubler le sommeil d'un si bon serviteur dont le repos mérité est une suite de la fatigue endurée au service de son maître.

Si M. de Bréot eût écouté l'hôtelier lui vanter les vertus de M. Hussonnois, il fût demeuré jusqu'au soleil couchant un pied à l'étrier, mais il finit par se mettre en selle et par prendre congé de l'aubergiste. Son valet enfourcha également son bidet et les deux voyageurs disparurent au bout de la grande rue de Corventon, qui débouchait sur la campagne où ils prirent le trot jusqu'à un petit bois qu'on apercevait à une demi-lieue de là, au penchant d'une colline.

Lorsqu'ils y furent arrivés, M. de Bréot poussa dans le fourré. Parvenu à une petite clairière, il ordonna à son valet d'attacher les chevaux au tronc d'un arbre et de l'attendre là jusqu'au soir. Si, à la nuit, M. de Bréot ne reparaissait pas, le maraud avait l'ordre de ne pas s'inquiéter et d'aller où il voudrait, avec la charge de faire tenir une lettre à lui remise, à un cousin de M. de Bréot qu'on appelait M. de Bréot de la Roche, à qui elle était adressée. Cela fait, M. de Bréot prit dans son porte-manteau un assez gros paquet soigneusement enveloppé et, sans ajouter un mot, s'éloigna en écartant les branches devant lui.

*

* *

Il était bien deux heures de l'après-midi quand madame de Blionne se décida à quitter son appartement pour descendre dans les jardins où l'invitait la beauté du jour qui était un de ceux par où se termine parfois l'automne avec une douceur charmante. L'été y semble reparaître en une certaine mélancolie qui ajoute à son retour une grâce nouvelle et plus délicate. Le soleil est chaud encore et les arbres mêlent au reste de leur verdure des teintes diverses qui font d'eux on ne sait quoi de magnifique et d'incertain. Madame de Blionne aimait fort ces sortes de journées. Le murmure des eaux et le bruit des feuillages composent dans le silence des jardins une rumeur harmonieuse et mouvante. Madame de Blionne se promena tout d'abord le long des parterres qui ornaient la terrasse du château. Parfois, elle redressait la tige d'une fleur, parfois, elle marchait comme si elle avait hâte d'arriver à quelque tournant d'allée où elle s'arrêtait, un instant indécise. Elle portait un masque de velours noir pour protéger son teint ; ses belles mains gantées tenaient un bouquet cueilli des dernières roses d'où tombait parfois sur le sable un pétale languissant.

La terrasse où se promenait madame de Blionne était bordée d'une balustrade de pierre. Madame de Blionne s'y accouda. Son regard dominait un grand miroir d'eau plate, en contre-bas, d'où partaient trois allées en patte d'oie. Elles étaient accompagnées de beaux arbres, celle de droite et celle de gauche ornées, de loin en loin, de petits dieux marins soutenant des vasques qui les inondaient de leurs ondes continuelles. L'allée du milieu, serrée entre une double palissade de buis, s'élargissait au bout par un demi-cercle où elle se découpait en arcades et en piliers qui entouraient un bassin, au milieu duquel fusait un jet d'eau, retombant en une pluie irisée. Plusieurs bancs étaient ménagés pour jouir à l'aise de ce beau spectacle.

C'est sur l'un d'eux que madame de Blionne aimait à venir s'asseoir pour y rêver. Ses pensées ne lui étaient pas toujours agréables et elle ne prenait pas à s'occuper d'elle-même tout le plaisir qu'y trouvent d'ordinaire les femmes. Elle éprouvait quelque mélancolie à songer au sort de sa beauté. Elle lui gardait quelque rancune d'avoir poussé son mari à de si singulières extrémités. Puis elle passait à d'autres sujets de songerie. Certains donnaient à sa figure un air de confusion et de regret, et elle demeurait assise sur le banc à écouter le bruit des eaux et des feuilles dont beaucoup commençaient à tomber et à joncher la terre de leurs petits masques d'or et de pourpre, comme si elles se fussent détachées du visage même de l'automne.

Elle en regardait quelques-unes, ce jour-là, qui tombaient lentement et comme suspendues dans l'air transparent, lorsqu'il lui sembla entendre un léger craquement derrière la palissade de buis où le banc s'adossait, en même temps que quelques oiseaux s'envolaient d'un arbre. Qui donc dérangeait leur repos ? Madame de Blionne prêta l'oreille. Rien ne troublait plus le silence. Deux des feuilles volantes descendirent et atteignirent l'eau du bassin. Madame de Blionne les considéra un instant, puis ses yeux se portèrent autour d'elle, et un cri lui monta aux lèvres, arrêté dans sa gorge par l'étonnement de ce qu'elle apercevait.

Dans un interstice de la palissade de buis, une tête se montrait. Des cheveux longs et bouclés encadraient cette figure inattendue que surmontaient deux cornes dorées. Tout à coup, le buis s'écarta, et madame de Blionne vit debout devant elle, surprenant et sylvestre, le personnage tout entier. Son corps était revêtu d'un habit de velours vert, mais ses pieds n'étaient point fourchus ou cachaient leurs sabots en des bottes élégantes. Le Sylvain étendait les bras vers elle, mais comme madame de Blionne faisait le mouvement de fuir, au lieu de s'élancer sur sa proie, le Forestier tomba à genoux, et madame de Blionne entendit sortir de sa bouche des paroles harmonieuses et mesurées.

– Ne fuyez pas, charmante beauté, – disait-il, – et ne montrez pas si cruellement que vous réprouvez ma présence en ces jardins. Toujours, nos pareils n'ont-ils point hanté les bois et les forêts, et leur aspect, tout farouche qu'il puisse être, n'offre aux yeux rien d'effrayant ? Notre destin n'est pas de nuire. C'est à faux que la fable nous a prêté certaines malices. Si cela fut vrai jadis, le Temps nous en a corrigés, et celui où nous vivons n'est pas sans avoir apporté, même jusqu'au fond de nos retraites, quelque chose de sa politesse et de sa civilité. Ainsi nos pieds se gardent bien de fouler les fleurs. Nos mains ne dénichent plus, comme jadis, les nids des oiseaux. Nos cornes mêmes ne nous servent plus à frapper l'ennemi. Nous sommes pacifiques et bons. Nous aimons l'odeur des feuillages et le miroir des fontaines. C'est pourquoi, au lieu de fuir, soyez favorable à l'un de nous et, s'il n'a aucun présent à vous offrir, ni grappes douces au goût, ni guirlandes fleuries, ni rien de ce qui fait d'ordinaire bien accueillir les inconnus, n'en agréez pas moins son hommage et ne lui donnez pas le déplaisir de voir une beauté qu'il admire lui témoigner une horreur qu'il ne mérite point et dont il ne se consolerait pas.

Le discours du Sylvain semblait avoir rassuré à demi madame de Blionne. Toujours à genoux, il reprit d'une voix douce et persuasive :

– D'ailleurs, suis-je donc entièrement pour vous un inconnu ? Si vous cherchiez bien au fond de votre mémoire peut-être y retrouveriez-vous un faible et lointain souvenir de ma figure ? Vous est-elle donc si étrangère ? Quoi, cet habit de velours vert et ces cornes dorées ne rappellent-ils donc rien à votre esprit ? Nous n'apparaissons point toujours en suppliants aux yeux des belles. Quelquefois une vive gaieté nous anime. Le rire illumine nos faces. La musique règle la cadence de nos membres. J'ai vu, un soir, quelques-uns d'entre nous danser autour d'une Nymphe dansante. Elle était voluptueuse et belle et portait une robe argentée, car c'était une Nymphe des Fontaines. Ô spectacle d'une nuit heureuse ! c'est ton souvenir que j'ai poursuivi jusqu'ici. Moins heureux que mes frères, je n'ai pas été enchaîné par les mains de la Nymphe victorieuse, mais j'ai assisté à leurs jeux et si...

Cette allusion aux fêtes du Verduron fit rougir madame de Blionne ; ses joues se couvrirent d'une pourpre rapide.

– Prenez garde, prenez garde, Sylvain trop hardi, – s'écria-t-elle. – Craignez de vous être imprudemment hasardé en ces lieux. Vous n'y trouverez rien de ce que vous y cherchez. Cette Nymphe dont vous parlez n'est plus ; je ne la connais pas et j'ignore si elle a jamais existé autre part que dans un vain songe. Du reste, sachez que le maître de ces arbres et de ces fontaines n'est point favorable aux Nymphes et aux Sylvains. Il n'aime pas que l'on se promène sous ses ombrages et que l'on se mire à ses eaux. Ses jardins ne sont pas sûrs. Des molosses en gardent les avenues. Redoutez de les voir accourir, la gueule béante et les crocs acérés. Il me semble déjà les entendre à vos talons et que leurs abois résonnent à mes oreilles. Fuyez, ô Sylvain, lorsqu'il en est temps encore ! N'attendez pas qu'ils vous mordent aux jambes et qu'ils déchirent votre chair. Sinon, votre peau écorchée pourrait bien sécher à quelque tronc d'arbre. Que puis-je pour vous défendre et qui sait si moi-même ?...

Elle se tut. Tous deux écoutaient. Le feuillage bruissait sourdement dans le frisson d'un vent invisible, comme si ce murmure eût voulu approuver les paroles de madame de Blionne.

— Plût aux Dieux, — reprit, après cet instant de silence, l'hôte des bois, — que je dusse payer l'audace d'avoir pénétré jusqu'ici d'une mort qu'il serait en votre pouvoir de me rendre douce et enviable ! Quelquefois la Beauté ne prend-elle pas pitié de l'Amour ! Que mes lèvres puissent seulement toucher cette main charmante qui me fait signe de m'éloigner ! Qui sait si cette faveur aussi ne changerait pas mon aspect et ne me ferait pas retrouver ma véritable figure...

Et M. de Bréot, car c'était lui, se débarrassait de l'habit et de la perruque cornue qui l'affublaient et, relevé, s'avançait vers madame de Blionne. En la voyant se reculer à son approche, comme si cette fois elle s'apprêtait pour de bon à prendre la fuite, il sourit tristement et ce fut avec mélancolie qu'il lui dit :

— Ne craignez rien, madame. Pensez-vous donc que j'aille me conduire avec vous plus mal que la bête forestière que je viens de dépouiller. Non, madame, non ! si j'avais voulu user de la force pour obtenir de vous ce que je voudrais mettre toute ma vie à mériter, n'aurais-je pas profité de la mascarade qui eût déguisé ma violence ? Tout ce que je souhaitais de cet accoutrement était de m'amener à vos pieds pour vous dire qu'il y a, de par le monde, quelqu'un parmi tant d'autres, dont le cœur et l'esprit sont pleins de votre beauté !

Madame de Blionne fit un geste. M. de Bréot continua malgré elle.

— Je ne vous apprendrai même pas mon nom, madame ; il est obscur et vous est inconnu. Je vous aime, madame, et c'est tout ce qu'il m'importe que vous sachiez de moi. Depuis que je vous ai vue, votre image n'a pas cessé d'être présente à mes yeux. Elle occupe mes pensées. Elle est la compagne de mes désirs. Certes je pouvais vous taire à jamais le sentiment qui m'anime et ne pas m'exposer au chagrin de le voir repousser. Au lieu de vous l'exprimer à haute voix, j'aurais pu m'en nourrir en secret et m'épargner au moins la douleur de votre indifférence. Je n'eusse accusé de mon malheur que mon silence et ma timidité. Il ne me serait resté de vous que cette image charmante, trésor de mon souvenir et dont j'étais libre de disposer à mon gré dans mes songes ! Votre beauté sans défense n'aurait-elle pas été ainsi le plaisir docile de mes nuits ? Couchée nue à mes côtés, elle eût obéi à mes caprices, car rien ne défend les femmes contre les songes des hommes. Elles doivent subir des amants inconnus et inévitables, auxquels elles ne peuvent pas refuser leurs faveurs imaginaires. Pourquoi ne pas agir comme eux, madame ? mais je vous avoue que je trouve une sorte de lâcheté à abuser ainsi même d'une ombre aimée, car je vous aime, madame, et ce que je désire de vous n'est pas un vain fantôme. C'est vous-même, c'est ce corps charmant et ce visage délicieux, faits pour le plaisir et l'amour.

La fontaine murmurait doucement parmi les arbres immobiles pendant que M. de Bréot parlait ainsi. Quand il se fut tu, madame de Blionne resta un moment silencieuse.

– L'amour, monsieur, – dit enfin madame de Blionne d'une voix qu'elle voulait rendre assurée, – mais qui vous dit que je veuille aimer à la façon dont vous l'entendez ? Ah ! vous êtes tous les mêmes, et les hommes ne se doutent pas de ce qu'ont d'offensant leurs propos les plus sincères. Quoi ! cette sorte d'amour que vous offrez ne consiste-t-il pas en une espèce de plaisir que vous prenez aussi bien presque avec la première venue et que vous exigez que nous vous donnions, sans vous inquiéter de savoir si c'en est un pour nous que ces caresses qui finissent par nous rabaisser assez vite à vos yeux, car si d'avance elles vous paraissent je ne sais quoi de singulier et de délicieux, elles ne tardent guère ensuite à vous sembler quelque chose par où nous sommes toutes à peu près égales entre nous, si bien que vous n'y voyez plus une raison d'être tenus à la reconnaissance que vous nous en promettiez auparavant ?

Madame de Blionne reprit, en s'animant à mesure qu'elle parlait :

— Vous me faites l'honneur d'avoir pour moi un de ces désirs auxquels le langage du siècle donne le nom d'amour, et je veux bien croire que ce mouvement de vos sens est sincère, et même qu'il a quelque force et quelque entraînement véritable ; mais, pour être vrai, en serait-il durable ? Il vous est venu, monsieur, d'une impression fugitive qui s'est augmentée dans un esprit inoccupé et dans une imagination solitaire, mais qui sait s'il survivrait au contact de notre chair et au baiser de nos bouches ? Vous n'avez vu de moi qu'une forme incertaine et qui vous a plu, et c'est elle qui vous plaît encore maintenant et dont vous cherchez en moi l'illusion renouvelée. Hélas ! monsieur, êtes-vous bien certain que je sois pareille à votre souvenir ? Ne craignez-vous donc point l'épreuve de la réalité ? Le corps des femmes n'est pas toujours ce qu'il semble être sous les plis des étoffes et à la distance d'un tréteau, et ce que vous demandez du mien vous le livrerait dans une nouveauté qui ne serait peut-être pas à son avantage. Ce que vous appelez l'amour donne aux visages des expressions inattendues. La mienne serait-elle à votre gré et ne regretteriez-vous pas l'image que vous vous en étiez faite et qui masque encore à vos yeux celle qui leur paraîtrait si différente qu'ils ne se consoleraient pas d'un changement où ils n'auraient eu rien à gagner ?

Elle continua :

— Je pense bien, monsieur, que vous ne manqueriez pas de me faire entendre que votre désir a pris à l'illusion qui l'a causé une force dont je ne laisserais pas de pouvoir être contente, et que beaucoup de femmes ne dédaignent pas d'être honorées d'une façon et avec une ardeur que toutes n'inspirent pas. Ah ! monsieur, est-il donc si commun que nous pensions ainsi ? Je crois, pour tout de bon, que nous sommes plus délicates sur ce point que les hommes ne se l'imaginent. Nous croyez-vous soucieuses de ces grands transports dont plusieurs d'entre nous tirent peut-être plus de vanité que d'agrément. Notre corps est tendre et fragile, monsieur. Aime-t-il, autant qu'on le prétend, être ébranlé en toute sa nature par un assaut qui souvent le fatigue plus qu'il ne le charme ? N'y a-t-il pas dans la violence des hommes quelque chose que nous subissons plus que nous ne le goûtons. Cet effort furieux et renouvelé nous étonne au moins autant qu'il nous amuse, et je sais plus d'une femme qui préférerait à ces témoignages un peu grossiers des attentions plus ménagées, de ces caresses plus discrètes qui nous troublent et nous émeuvent davantage que ces certitudes que vous vous empressez tant de nous proposer. Aussi, ai-je pensé souvent que l'amour était tout autre chose que ce que vous en avez fait, et je veux bien vous dire, monsieur, ce que j'imagine volontiers qu'il devrait être.

Madame de Blionne baissa les yeux et reprit à voix plus basse, comme si elle se fût parlé à elle-même, quoiqu'elle s'adressât à M. de Bréot :

– N'est-il donc rien en vérité de plus doux que ces plaisirs du corps où la plupart des amants font aboutir leurs recherches et leurs rencontres et où ils semblent faire consister le plus haut point de leur félicité et le dernier terme d'un attrait qu'ils ressentent peut-être véritablement l'un pour l'autre ? Et si encore, pour en arriver là, ils n'avaient qu'à suivre le penchant mutuel qui les y porte ! Mais n'en est-il pas rarement ainsi ? Bien au contraire, que ne leur faut-il pas surmonter de difficultés et de périls ! À quels stratagèmes et à quels subterfuges n'ont-ils pas recours ! De quels détours et de quelles ruses ne se servent-ils pas ! Que ne hasardent-ils pour obtenir quelques instants d'un vulgaire bonheur ! Encore s'il leur suffisait de l'avoir éprouvé une fois ! Mais nous les voyons obligés à le renouveler, et ce besoin même d'en réitérer l'impression ne nous avertit-il point combien elle est légère et fugitive, puisqu'elle n'a pas cette durée qui remplit à jamais le souvenir et qui vieillit avec lui sans cesser d'en être la joie continuelle ? Ah ! monsieur, ne semble-t-il pas que ce soit en vain que les amants de cette sorte cherchent à s'enchaîner l'un à l'autre en des embrassements qui les lient sans les unir. Ce sont ces pensées, monsieur, qui m'ont toujours éloignée de ces façons d'aimer et qui m'ont fait croire qu'il y en avait une autre. N'en est-ce pas une, monsieur, de savoir qu'il y a quelqu'un qui songe à nous secrètement et tendrement et à qui nous songeons de même, quelqu'un qui nous est présent quand il n'est pas là et de qui nous ne sommes jamais absentes, que nous entendons et qui nous entend sans qu'il soit besoin de paroles, qui est la moitié de nous-mêmes et avec qui nous ne formons qu'un ? Qu'importe alors le temps et la distance ! Si deux personnes ont éprouvé une fois ce sentiment, n'y a-t-il pas entre elles quelque chose d'éternel et d'indissoluble et qui est justement ce qui mérite le nom de l'Amour ? C'est celui-là seul, monsieur, qui me paraît parfaitement digne d'une âme délicate et passionnée. C'est lui seul dont j'accepterai jamais l'hommage et dont j'ai souvent rêvé dans ma solitude. Je lui imaginais la figure du respect, de la tendresse et de l'amitié, et c'est sous ce visage, monsieur, que je voudrais garder votre souvenir. Rien n'adoucirait plus mes chagrins et mes peines que d'y conserver cette image de vous que le temps n'effacerait pas dans mon cœur où elle aurait sa place secrète et où elle détruirait celle sous quoi vous m'êtes apparu tout à l'heure et dont les dépouilles sylvestres signifiaient les intentions qui m'offensent et des projets que je veux bien oublier.

Madame de Blionne s'était tue et elle considérait M. de Bréot. Elle était pâle et ses lèvres tremblaient légèrement. M. de Bréot demeurait muet. Des larmes lui coulaient des yeux. Il admirait madame de Blionne debout devant lui. Elle avait posé le pied sur la perruque cornue. Derrière elle, la fontaine élançait sa gerbe vaporeuse et argentée. M. de Bréot crut y voir une dernière fois la forme d'un corps dansant qui se dissipait en une fumée humide, comme si la Nymphe de ces eaux se fût évanouie pour jamais. Et il se sentit sur le point de défaillir, aussi fut-ce d'une voix mourante qu'il répondit à madame de Blionne.

– Vous le voulez, madame...

Il n'acheva pas. Elle avait mis les deux mains à son cœur comme pour y renfermer la parole qu'elle venait d'entendre et, les yeux clos, dans un soupir, elle murmura :

– Merci.

Ses yeux se rouvrirent. Elle regarda M. de Bréot toujours à genoux, et, tout bas, laissa tomber ce seul mot :

– Adieu !

Une des roses du bouquet qu'elle tenait à la main s'effeuilla en une odeur pourprée.

Madame de Blionne s'en allait. Elle longeait le bassin. M. de Bréot, immobile, la regardait s'éloigner. Tout à coup, elle se retourna et poussa un faible cri. Déjà, M. de Bréot l'enlaçait. Elle chancelait et s'abandonnait mollement. M. de Bréot la soutint dans ses bras... Il y eut un long silence. Des feuilles tombaient doucement sur la mousse velue où luisait dans un rayon de soleil la perruque à cornes d'or. La fontaine, dans un sursaut de sa force, darda un jet éblouissant.

Lorsque, vers les quatre heures du soir, M. Hussonnois, enfin remis de son ivresse, quitta l'auberge de Corventon, il se dirigea, d'un pas encore incertain, vers le château ; mais avant d'y rentrer, il voulut faire le tour du parc pour s'assurer que tout était en bon ordre. À l'un des sauts-de-loup, il fut assez étonné de remarquer que l'une des piques qui le fermait portait, suspendu à sa pointe, un morceau de velours vert, comme si quelqu'un s'y fût déchiré en passant. M. Hussonnois hocha la tête et mit le morceau dans sa poche. Devant le château, M. Hussonnois croisa madame de Blionne qui revenait des jardins. Elle avait un air de distraction qui fit qu'elle ne répondit point au salut de M. Hussonnois. Ce traitement lui parut nouveau et il éprouva le besoin d'y aller réfléchir à l'écart. Il arriva ainsi au rond-point où se trouvait la grande fontaine. Un dernier rayon de soleil traversait la gerbe d'eau. M. Hussonnois fit le tour du bassin. Il imaginait volontiers que son onde fût devenue un vin généreux, car il était, ce jour-là, en des idées bachiques, quand du pied il heurta quelque chose a terre qu'il se baissa pour ramasser. C'était une perruque. Elle ne ressemblait pas à celles que l'on voit d'ordinaire sur la tête des honnêtes gens et elle paraissait à M. Hussonnois suspecte et singulière. Deux petites cornes, courtes et dorées, sortaient du crin blond et pointaient torses parmi la frisure des boucles. M. Hussonnois perplexe l'avait posée à son poing et il l'y faisait tourner d'un air soucieux.

M. Hussonnois était inquiet car, sous cette perruque cornue, il lui semblait voir un visage qui pouvait bien n'être, après tout, ni plus ni moins que celui de monsieur le comte de Blionne.